ENVOL
POUR
LE
PARADIS

Jean-Marie Defossez est né en Belgique en 1971 et vit aujour-d'hui en France, dans la Sarthe. Docteur en zoologie, il a exercé divers métiers (conférencier, producteur de légumes biologiques, apiculteur, plombier-chauffagiste…) avant de se tourner vers sa véritable vocation : l'écriture de romans pour la jeunesse, publiés aux éditions Casterman, Rageot, Nathan. Chez Bayard, il est l'auteur de *Attention, fragile !* et *Mon aventure sous la terre* (collection J'aime lire), *Pour tout l'or du monde* (collection Estampille), *Envol pour le paradis* (collection Millézime) et de la série « Opération sauvetage ».

Remerciements à Philippe Crijel, Charles Lanata
et Robert Moré.

Photo de couverture :
© Don Price/Hulton Archives/Getty Images

© 2014, Bayard Éditions pour la présente édition
© Bayard Éditions, 2009
© Bayard Éditions Jeunesse, 2008
18, rue Barbès, 92128 Montrouge cedex
ISBN : 978-2-7470-5088-3
Dépôt légal : mars 2014
Quatrième édition

Jean-Marie Defossez

ENVOL
POUR
LE
PARADIS

MILLEZIME

bayard jeunesse

Aux Arthur, Heinz, Klaus et Dora
d'hier et d'aujourd'hui.

« Il n'y a rien de plus courageux que la flamme d'une bougie. Même seule et minuscule, elle ose se dresser contre l'obscurité. »

Jean Melkart

Avertissement : les parties en italique sont des traductions de textes historiques.

Prologue

— *Adolf Hitler, vous êtes notre grand chef. Votre nom fait trembler vos ennemis. Que le Troisième Reich arrive et que votre volonté soit loi sur la Terre.*

Faites entendre votre voix et donnez-nous vos ordres. Nous obéirons jusqu'à la mort.

Führer, notre Führer envoyé du ciel, protégez nos vies pour l'éternité, comme vous avez sauvé l'Allemagne en détresse. Nous vous remercions pour notre pain quotidien. Soyez avec nous éternellement, Führer, notre Führer, notre foi, notre lumière !

La vingtaine de voix qui venait de réciter cette étrange prière se tut. Le dortoir se remplit d'un profond silence. Arthur Gruber, la gorge nouée, risqua un coup d'œil de côté. Ses camarades de chambrée, au garde-à-vous près de leur lit, fixaient sans ciller un portrait d'Hitler illuminé par deux bougies.

Près de la porte, l'homme en uniforme noir qui dirigeait la cérémonie leva le bras droit et claqua des talons. Tous l'imitèrent, lançant dans un même souffle un puissant « Heil Hitler ! ».

— Parfait, conclut l'officier. Bonne nuit à vous.

— Bonne nuit, Herr lieutenant ! répondit la chambrée.

L'air était chaud et lourd. Arthur se glissa pourtant dans son lit en tremblant. Il serra le drap à deux mains, blottit ses poings sous son menton, et attendit que le lieutenant éteigne pour fermer les yeux.

— Où suis-je tombé ? se demanda-t-il.

Le chauffeur qui l'avait conduit là lui avait raconté l'histoire d'un homme qui avait utilisé le texte de cette prière à Hitler pour allumer son feu. Dénoncé par son fils, il avait été jeté en prison.

« Enfermé pour un bout de papier », songea Arthur. Il frémit de nouveau. « Et moi ? se dit-il, que vais-je devenir ? »

Dans l'espoir d'échapper à ce qui ressemblait trop à un mauvais rêve, il rouvrit les yeux. Le lit, hélas, resta dur comme le bois. Derrière une vitre terne et floue, la lune illuminait une rangée d'arbres. Avec leurs troncs nus et leurs branches dressées comme des bras, ils ressemblaient à une armée de fantômes, prête à livrer combat.

Le jeune garçon se tourna de l'autre côté et vit le portrait d'Hitler, qu'éclairaient toujours les deux bougies.

Le tressaillement des flammes animait la peinture d'une présence. Arthur eut soudain l'impression que le maître de l'Allemagne posait les yeux sur lui. Il sentit l'ombre de la peur entrer dans son esprit.

À part marauder quelques prunes dans les vergers, il n'avait jamais rien fait de mal. Pourquoi avait-il donc été arraché à ses parents et envoyé à plus de deux cents kilomètres de sa ferme natale, située près de Stuttgart ?

« Reverrai-je un jour mon père et ma mère ? s'inquiéta-t-il. Et mon amie Dora ? »

Depuis qu'il avait quitté l'école, à la fin du primaire, Arthur, solide gaillard blond de treize ans aux yeux clairs, aidait son père aux champs. Il aimait le travail de la terre et accomplissait sa tâche sans rechigner. Dès que passait un aéroplane, il ne pouvait cependant s'empêcher de lever le nez et d'imaginer qu'un jour il serait là-haut. C'était ainsi depuis toujours : Arthur rêvait de quitter cette terre qu'il labourait pour, comme les oiseaux, chevaucher le vent. Les machines capables d'arracher les hommes à leur destin de marcheurs en leur offrant des ailes le fascinaient. Il avait ajouté à sa bicyclette une petite hélice, qui tournait avec le déplacement d'air. Quand les travaux de la ferme lui laissaient un peu de temps, il enfourchait sa « machine volante » et filait à l'aérodrome tout proche afin de contempler les avions, qui ne cessaient d'atterrir et de décoller.

Stuka, Messerschmitt Bf 109, Focke-Wulf Fw 190, bombardier Heinkel... Arthur avait appris le nom de chaque modèle et parvenait à identifier la plupart au seul ronflement de leur moteur. Il aurait tout donné pour monter à bord d'un de ces appareils et se sentir, il en était convaincu, comme au paradis. À défaut, il se contentait de les admirer, en rêvant qu'un jour, peut-être, il apprendrait à – mot magique pour lui – piloter.

Mais, dans ce dortoir cerné de forêts où résonnaient de folles prières, à des kilomètres de chez lui, que lui restait-il ?

Arthur fixa le portrait d'Hitler.

– Tu ne m'impressionnes pas, murmura-t-il en se rebiffant soudain. Je sais, moi, que tout est de ta faute et je te déteste !

Il serra les poings et ajouta :

– Tu entends ça, Hitler ? Moi, Arthur Gruber, de tout mon cœur, je te hais !

Première partie

La faux à quatre branches

Septembre 1942

Le drapeau allemand flotte sur la France, la Belgique, le Luxembourg, les Pays-Bas, la Grèce, la Pologne, le Danemark, la Norvège, l'Autriche, la Yougoslavie et l'Ukraine. L'Italie, la Hongrie et le Japon se sont alliés à l'Allemagne. Hitler ordonne à ses soldats de marcher vers Moscou.

1

Tout avait commencé neuf années auparavant, lorsque Hitler, devenu chancelier de l'Allemagne, avait entrepris de mettre le peuple allemand au pas. Il avait fait assassiner ses opposants, doté la nation d'une armée moderne et puissante, inventé la guerre éclair et conquis la moitié de l'Europe avec une aisance insolente.

Ce meneur de foules rêvait d'un empire qui durerait mille ans. Il projeta de former les jeunes Allemands sur un modèle unique, où aucune liberté de pensée ne serait possible. Dès son accession au pouvoir, il donna une ampleur croissante au mouvement de jeunesse qu'il avait créé quelques années auparavant : la JH, la Jeunesse hitlérienne[1]. Des centaines de milliers de jeunes Allemands, âgés de dix à dix-huit ans, apprirent ainsi, chaque jeudi,

---

1. En allemand, *Hitlerjugend*.

chaque samedi et chaque dimanche, les trois idées maî-
tresses du parti national-socialiste — en abrégé « nazi » —
qu'il dirigeait :

Le pays avant tout,
La race aryenne avant tout,
Le chef avant tout.

En 1939, peu avant de lancer ses troupes à travers
l'Europe, Hitler rendit obligatoire l'inscription à son mouvement de jeunesse : sept millions de jeunes Allemands
et de jeunes Autrichiens revêtirent, de gré ou de force,
l'uniforme de la JH.

Durant toutes ces années, les parents d'Arthur, pourtant, réussirent à protéger leur fils de la propagande
nazie. M. Gruber abhorrait les discours haineux et guer-
riers et refusait que son fils crie des slogans tels que :
Croire, obéir et combattre jusqu'à la mort pour la patrie, le chef
et la race élue, ou bien : *Vivre loyalement, combattre avec bra-*
voure et mourir avec le sourire.

Le père d'Arthur n'était ni un traître, ni un lâche.
Mais il avait fait la guerre de 14-18 et, chaque nuit, il
revoyait le sang de ses compagnons avalé par la terre.
De sa blessure au côté, comme de mauvais souvenirs,
sortaient parfois encore de petits éclats de fer.

Hitler, cependant, contrôlait tout : la police, l'armée,
le pouvoir politique, les journaux, la radio. Aucune

liberté ne lui avait résisté. Des lettres de plus en plus menaçantes étaient arrivées chez les Gruber :

« Rappel de l'inscription obligatoire de votre fils à la Jeunesse hitlérienne... »

« ... sous peine de sanction... »

« ... sous peine d'amende... »

« ... sous peine d'emprisonnement... »

Le couple de fermiers avait tenu tête jusqu'au printemps 1942, quand deux policiers portant un brassard à croix gammée vinrent frapper à leur porte :

— Monsieur Gruber ? Veuillez nous suivre, s'il vous plaît.

Nombreux étaient ceux qui avaient été emmenés de cette manière. Très peu étaient revenus. M. Gruber avait tenté de s'expliquer :

— Écoutez, je sais que je n'ai toujours pas inscrit mon fils à la Jeunesse hitlérienne, mais je manque de force pour le travail aux champs. J'ai besoin de son aide.

Les deux hommes ne voulurent rien savoir. Ils le poussaient déjà vers leur voiture noire, lorsque son épouse était arrivée en courant :

— Mais vous êtes fous ! Nous sommes de bons Allemands, mon mari a fait la guerre. Regardez !

Elle avait relevé le sarrau de son mari. Les policiers avaient blêmi en voyant l'énorme cicatrice qui courait sur le flanc meurtri. En bafouillant des excuses, ils s'en étaient allés.

Deux mois plus tard, hélas, Hitler avait ordonné que *tous* les jeunes gens habitant les zones menacées par les bombardements ennemis soient évacués vers des foyers de la Jeunesse hitlérienne situés dans les campagnes. M. Gruber avait remué ciel et terre afin qu'on lui laisse son fils. En dernier recours, il avait fait le siège du bureau d'un haut responsable du parti, afin de lui parler de sa blessure de guerre. Le fonctionnaire avait refusé de l'écouter.

— Ne vous inquiétez pas, monsieur Gruber, avait-il déclaré avec un franc sourire. Je veillerai à ce qu'on vous envoie un prisonnier français. Quant à votre fils, vous verrez : la Jeunesse hitlérienne en fera quelqu'un de bien !

Le père d'Arthur avait quitté le bureau la tête basse, son dernier espoir ruiné. Il avait enfourché sa bicyclette et roulé aussi vite qu'il le pouvait. Il voulait prévenir son fils qu'Hitler ne semait que de la haine et que, jamais, rien de bon ne sortait de ce genre de graine...

Mais il avait retrouvé son épouse assise dans la cuisine, le visage dans les mains, en train de pleurer.

— Marta ! Que se passe-t-il ? Où est Arthur ? Je dois lui parler !

La mère avait secoué la tête et M. Gruber avait compris que son fils avait déjà été emmené.

2

— 5 h 45 ! Tout le monde debout !

Arthur ouvrit les yeux brusquement et mit quelques instants à réaliser où il se trouvait.

— Cinq minutes pour vous habiller et vous aligner dans la cour, ajouta le lieutenant. Corvée de patates pour les retardataires !

Tandis que ses camarades bondissaient de leur lit, Arthur s'attarda sous ses draps.

— Ho, le nouveau ! fit son voisin de droite en enfilant sa chemise. Si tu te dépêches pas, tu y auras droit, à l'épluchage.

— Laisse tomber ! ordonna un grand blond déjà habillé. Je parie que c'est une mauviette qui doit dormir comme un nourrisson.

Arthur dévisagea le garçon qui venait de parler. Celui-ci dépassait tous les autres d'une tête. Les traits de son visage étaient durs. Deux médailles, frappées de la croix gammée, ornaient sa chemise. Sur ses épaulettes étaient agrafées deux barrettes argentées.

— Moi, c'est Baldus, lança-t-il à l'attention d'Arthur. Je suis *Jungenschaftsführer*, chef de patrouille[1]. Quand le lieutenant n'est pas là, le chef, ici, c'est moi !

Arthur remarqua que les autres l'observaient à la dérobée.

— Hum, fit-il seulement avec un léger hochement de tête.

Le Jungschaftführer Baldus eut une grimace de mépris :

— C'est bien ce que je pensais, tu n'es qu'une mauviette. Il y aura du travail avant de faire de toi un soldat. Habille-toi ! Et plus vite que ça !

Arthur obéit en marmonnant dans le secret de sa pensée : « Toi, mon gars, si tu penses jouer longtemps au petit chef avec moi... »

Il enfila sans se presser l'uniforme flambant neuf que sa mère avait été obligée de payer aux policiers venus le chercher : short de velours noir, chemise marron, mince baudrier de cuir relié à une ceinture à boucle de

---

1. Dans la JH, la patrouille correspond à un groupe pouvant aller jusqu'à quarante garçons.

2. Lettre de l'alphabet des Vikings. Elle ressemble à un S et symbolisait la force de la vie, l'énergie du soleil et la victoire. La double sowelu constitua le sigle des troupes d'élite : les SS.

bronze marquée d'une sowelu[2], cravate noire et chaussettes de laine.

Ses souliers lacés, il releva la tête. Baldus et les autres avaient disparu. Il se pressa de sortir du dortoir et retrouva ses camarades dans la cour, alignés sur deux rangs, au garde-à-vous. Le lieutenant se tenait devant eux, les mains sur la ceinture, aussi fier et droit que le mât porte-drapeau dressé à ses côtés. Lentement, il balaya le groupe d'un regard sombre et tranchant.

— Toi ! cria-t-il en pointant son menton vers Arthur, qui s'était rangé auprès de Baldus.

Arthur sursauta. L'homme n'était pas grand, mais sa voix sonnait avec une dureté d'acier.

— Oui, fit Arthur en sentant son pouls s'accélérer.

— On répond : « Oui, Herr lieutenant ! »

— Oui, Herr lieutenant ! s'empressa de rectifier la nouvelle recrue.

— Tu es dans un foyer de la JH. Ici règnent l'ordre et la discipline. Tu vas donc te rendre dans le bâtiment situé à ta droite, où tu joueras du couteau à légumes jusqu'à midi. Si tu réapparais dans une tenue incorrecte, tu t'y colleras toute la semaine. Compris ?

Le cœur d'Arthur se mit à battre à cent à l'heure. Il n'avait pas l'habitude qu'on élève la voix sur lui et ne comprenait pas ce qu'on lui reprochait. Cependant, l'officier dans son uniforme noir, austère, impeccable, l'impressionnait tellement qu'il n'osa pas lui poser la question.

Il risqua un regard sur sa gauche et vit que le Jung-schaftführer Baldus le fixait d'un air narquois. Piqué au vif, Arthur répondit avec le plus de conviction possible :

— Oui, Herr lieutenant !

En signe de satisfaction, l'officier émit un grognement sourd. Puis il ajouta, un ton plus bas :

— Tu passeras au dortoir prévenir ce rebut de Heinz qu'il est aussi de corvée. Demande-lui de te montrer. Tu verras, c'est un expert. À croire que les gens de sa race ne sont faits que pour manier les couteaux de cuisine.

Un rire mauvais parcourut le groupe. De sa voix toni-truante, le lieutenant enchaîna :

— Le reste de la patrouille avec moi pour l'échauffe-ment. Huit kilomètres « pleins gaz » pour se mettre en jambes !

Dix-huit bouches lancèrent en chœur :

— À vos ordres, Herr lieutenant !

— Derrière moi, au pas de course ! Gauche !

Sans oser bouger, Arthur regarda le groupe s'éloigner. Il comprit soudain que le lieutenant avait seulement cherché à l'humilier aux yeux des autres.

— Chef stupide ! grommela-t-il entre ses dents.

Sur sa droite se dressait un bâtiment qui ressemblait à un corps de ferme. Plus loin couraient de vastes prairies, délimitées par des barrières. À gauche, une épaisse forêt se nichait dans la brume. Le jeune garçon inspira une ample goulée d'air frais. Il remarqua que l'herbe couchée sous ses pieds était couverte de rosée. Il pensa que son père allait bientôt moissonner.

Arthur imagina le chant de la faux qui tranche les chaumes encore humides. Il aimait cette musique, promesse de récolte. Il aimait broyer entre ses dents le grain nouveau pour le goûter.

« Ce bonheur-là aussi, songea-t-il avec amertume, Hitler me l'a volé. »

Arthur sentit alors monter une envie qu'il n'avait encore jamais éprouvée dans sa vie : celle de fuir.

Le cœur et l'esprit tourmentés, il marcha jusqu'à la barrière blanche qui fermait la propriété. Une fois dehors, il fit encore une dizaine de pas et, soudain, se rappelant l'histoire de la prière brûlée, il se figea.

Des barreaux invisibles venaient de se dresser devant lui.

« Je suis ici par ordre de la police. Si je pars, mes parents auront des ennuis », pensa-t-il.

Arthur secoua la tête. Les yeux tendus vers cette campagne qui semblait l'appeler, il comprit qu'il n'avait aucun moyen de s'échapper et, dans un profond soupir, reprit la direction du foyer.

3

Arthur était à mi-chemin des cuisines lorsqu'il se souvint qu'il devait réveiller un dénommé Heinz.

« Il ne restait pourtant personne quand je suis sorti », pensa-t-il en rebroussant malgré tout chemin.

Arrivé au dortoir, il dut admettre qu'il s'était trompé : un léger ronflement s'élevait du dernier lit.

En s'approchant, il découvrit un garçon un rien plus âgé que lui, aux cheveux noirs luisants et au visage carré, emmitouflé sous les draps. Il posa la main sur l'épaule du retardataire.

— Heinz ? Hé, Heinz ! Réveille-toi, j'ai besoin de toi pour la corvée des pommes de terre.

Le dormeur roula lentement sur le dos.

— Bonjour, Arthur, marmonna-t-il en ouvrant les yeux. As-tu bien dormi ?

— Tu connais mon nom ?

— Sûr, fit Heinz en s'étirant. Tu es le nouveau. On nous avait annoncé ton arrivée. Bienvenue dans la Jeunesse hitlérienne, le délire d'Hitler !

Arthur dévisagea ce camarade, si différent des autres avec ses lèvres fines, son nez mince et sa chevelure anthracite. Il s'étonna, aussi, du sourire appuyé qui courait sur ses lèvres, comme si tout n'était, au fond, qu'une gigantesque farce dont on pouvait s'amuser.

— Le lieutenant m'a ordonné de te dire…, se risqua Arthur.

— Que je suis de corvée de patates ? T'inquiète, je suis au courant. C'est toujours pareil lorsque je m'offre une grasse matinée. Cent kilos de patates à éplucher pour une demi-heure de sommeil gagnée, c'est un peu cher payé, mais je n'avais aucune envie de me lever. De toute manière, Pleindegaz me déteste. Il aurait trouvé un autre prétexte pour me coller.

— « Pleindegaz » ?

— Le lieutenant. Il ne vous a pas servi un petit « pleins gaz », ce matin ? C'est son expression favorite. Mais, vu que ses boyaux digèrent aussi mal les haricots secs que moi, j'y ai ajouté un « de », histoire de ne pas oublier que lui et les théories d'Hitler ne sont que…

Il bascula sur une fesse et lâcha un gaz tonitruant.

— Du vent !

Et il sortit de son lit en éclatant de rire.

Arthur, déconcerté, regarda cet étrange camarade enfiler une paire de lunettes rondes, puis se vêtir en sifflotant l'air du *Beau Danube bleu*. En temps normal, les provocations et la désinvolture de Heinz l'auraient choqué, mais, après ce qu'il avait vécu au cours des dernières vingt-quatre heures, les effronteries de ce garçon aux yeux noirs avaient quelque chose de séduisant.

— Dis, souffla-t-il, le lieutenant, enfin... Pleindegaz, il a dit que ma tenue n'était pas correcte...

Heinz, qui enfilait ses chaussettes, interrompit la mélodie de Strauss pour répondre :

— Tu as oublié le calot !

Arthur se plaqua machinalement une main sur le crâne.

— Rassure-toi, reprit Heinz, même si tu y avais pensé, tu ne l'aurais pas trouvé. Baldus a fouillé tes affaires durant la nuit. Il a caché ton calot sous ton matelas. C'est sa blague favorite.

Arthur souleva sa paillasse et découvrit son couvre-chef à l'endroit indiqué.

— Allons, fit Heinz. Tire pas cette tête. Je t'emmène aux cuisines. Une corvée de patates, c'est pas la mer à boire !

4

Les lames des couteaux de cuisine paraissaient bien modestes, comparées au monticule de pommes de terre posé sur la table par le cuistot.

— Il aurait fallu deux épées, plaisanta Arthur.

— T'inquiète, fit Heinz, à nous deux, en quatre heures, c'est terminé.

Les deux garçons s'attelèrent à la tâche. Les épluchures s'amoncelèrent rapidement à leurs pieds. Arthur, le premier, relança la conversation :

— Tu es souvent de corvée ?

— Presque chaque jour depuis quatre mois que je suis ici, déclara Heinz. Mais je vois les choses autrement. Sans rire et sans me vanter, je crois qu'ils ont reconnu en moi un invincible champion de la pomme de terre !

Il coupa une rondelle bien régulière, la colla sur sa chemise et bomba le torse :

— Regarde, dit-il, j'ai même obtenu la médaille d'or !

Arthur sourit.

— T'es un clown ! Mais, sérieusement, pourquoi toujours toi ?

— Parce que je suis le plus doué, évidemment ! Tu connais beaucoup de personnes capables d'éplucher une patate en trois secondes ?

D'un geste plein de panache, Heinz saisit un tubercule gros comme son poing, et, en six coups de couteau expéditifs, le transforma en un cube parfait.

— Hop ! Prête à cuire ! J'admets que les épluchures sont un peu épaisses, mais il fallait y penser.

Arthur eût ri, si le visage de son compagnon ne s'était subitement rembruni.

— Non, reprit Heinz d'une voix ternie. La vraie raison, un grand blond aux yeux bleus comme toi s'en doute forcément...

Arthur se redressa, intrigué. Il réfléchit un instant, mais, ne devinant pas de quoi il était question, il demanda :

— Pourquoi « forcément » ?

— Enfin... tu as vu la couleur de mes cheveux !

— Et alors ?

Heinz, interdit, fixa son camarade :

— Tu n'as jamais entendu parler des *sous-hommes* ?

— J'ai entendu l'expression une ou deux fois. Mais à part ça...

— Tes parents ne t'ont pas expliqué ?

— Expliqué quoi ?

Heinz n'en revenait pas. Il dévisagea longuement Arthur.

— Ce n'est pas possible, trancha-t-il tout à coup. Tu me fais marcher ! Tu sors d'où, là ? Tes parents ne t'ont jamais emmené au cinéma ? Il y a toujours de petites séquences, avant les films, pour expliquer ce que valent les Slaves, les Juifs, les Noirs, les handicapés mentaux... Et la radio, le mercredi après-midi... Tu n'as jamais écouté l'émission spéciale pour la jeunesse ?

Arthur se raidit. Depuis des années, prétextant un manque d'argent, ses parents ne l'avaient plus emmené au cinéma. Quant à la radio, elle était tombée en panne, et son père l'avait rangée au grenier. Ses parents avaient-ils cherché à lui dissimuler quelque chose ? Arthur, refusant d'y croire, secoua la tête.

— Et au collège ? renchérit Heinz. Comment as-tu fait ? Tes professeurs t'ont forcément exposé la grande théorie raciste des nazis.

Cette fois, Arthur sentit le doute prendre corps en lui.

— Je ne suis jamais allé au collège, confessa-t-il. J'ai juste fait le primaire. Mon père est fermier. Il a eu des côtes arrachées pendant la guerre de 14-18 et souffre encore de sa blessure. Comme je suis costaud, j'ai préféré rester pour l'aider au travail aux champs.

Arthur se remémora subtilement certains détails : les commentaires vagues de son père un jour où des garçons en uniforme avaient défilé devant chez eux, les quasi-silences de sa mère quand il l'avait questionnée sur le rôle des avions de combat qui passaient au-dessus de leurs têtes... Les paroles de Heinz donnaient un éclairage nouveau.

Arthur fut envahi par une angoisse soudaine.

— J'en suis un, n'est-ce pas ? murmura-t-il en baissant les yeux. C'est pour ça que mes parents ont préféré ne rien dire...

— Un quoi ? interrogea Heinz.

— Un *sous-homme*...

— Mais non ! L'être inférieur ici, c'est moi ! Les seuls élus sont les *Aryens de race pure*, c'est-à-dire les grands blonds aux yeux bleus, comme Baldus et toi. Selon les théories nazies, seuls les Aryens posséderaient la force, l'intelligence et le courage. Les autres races seraient faibles, dégénérées et destinées à — Heinz mima du bout des doigts la montée d'une fumée vers le ciel — disparaître.

— Disparaître ? répéta Arthur, interloqué.

— En théorie, nuança Heinz. En pratique, les blonds parfaits, même ici, dans un foyer de la JH, il n'y en a pas beaucoup. Alors, ils te tolèrent à condition que tu aies les cheveux, la peau et les yeux de couleur claire. Moi, avec ma tignasse charbon et mes traits carrés, j'appartiens à la race slave, une race très inférieure, paraît-il. Je suis donc un sous-homme. C'est pour ça que Pleindegaz me laisse dormir plus longtemps que les autres, pour pouvoir dire ensuite : « Regardez... Heinz est bien un sous-être humain, incapable de se lever. Il est juste bon pour les corvées. »

Arthur s'accorda un instant de réflexion.

— Eh bien, moi, fit-il, je ne suis pas d'accord. Un matin, la fille des voisins est venue me chercher. Elle m'a montré une chose à peine croyable. Une des vaches de son père avait mis bas un veau mort-né. Il n'avait qu'un œil, et seulement trois pattes ! Celui-là, d'accord, était inférieur et dégénéré, comme tu dis, mais toi... Tu as dix doigts, tu parles, tu ris, tu n'as rien d'un débile. Ces théories sont des âneries !

— Des âneries, reprit Heinz, que tous les Allemands croient ou, au moins, font semblant de croire pour éviter les ennuis ! Sais-tu que, si les nazis font la guerre, c'est pour conquérir le monde afin que la race aryenne devienne un jour la seule sur la Terre ?

Arthur fronça les sourcils.

— Tu veux dire qu'ils voudraient qu'il n'y ait plus que des blonds aux yeux bleus ? Et les autres alors ? Qu'est-ce qu'ils deviennent ?

— À la trappe !

— C'est effrayant !

— Je le pense aussi, reprit Heinz, mais je t'assure : nous sommes les seuls, ici, à être de cet avis. Tu peux remercier tes parents de t'avoir protégé de ce fou d'Hitler.

Arthur s'exclama :

— Parce que c'est Hitler, le responsable de tout ça ? Mais...

Durant quelques secondes, il ne trouva plus ses mots. Ce qu'il voulait dire lui semblait tellement énorme. Il reprit :

— Hitler n'a ni les yeux bleus ni les cheveux clairs ! Comment peut-il prétendre que les races non blondes sont inférieures alors qu'il... en fait partie ? C'est du délire !

— C'est là son génie, répliqua Heinz. Il n'a pas son pareil pour convaincre les foules. Avant que les nazis ne soient au pouvoir, mon père était professeur d'histoire à l'université. Il prétend qu'avec Hitler, plus c'est fou, mieux ça passe. Regarde, là, tel que tu me vois, je suis le Slave, le rebut, tout juste bon à éplucher les patates. Mais si je fais ça...

Heinz se colla une épluchure rectangulaire sous le nez en guise de moustache.

— Abracadabra, je deviens le sosie du nouveau dieu de l'Allemagne, qui hurle partout que seuls les blonds sont les meilleurs, les plus beaux, les plus forts... C'est du délire, et pourtant tout le monde le suit !

— Il suffirait pourtant de réfléchir un peu.

— Ah ! mais ça, Hitler le sait ! Les gens qui réfléchissent et posent des questions, il les réduit au silence en les emprisonnant ou en les assassinant. Il a fait brûler des milliers de livres sur les places publiques. Mon père, qui s'opposait à sa politique, a été renvoyé de l'université où il enseignait depuis vingt ans. Et, à présent qu'il a fait taire les adultes, Hitler a décidé de s'occuper de la jeunesse. C'est pour cette raison qu'il a ordonné de fermer les collèges et les lycées, et qu'il nous a envoyés dans ces foyers, loin des villes : pour nous éloigner de nos professeurs et de nos parents. Ainsi, il peut nous remplir la tête comme il veut.

— Je pensais, confia Arthur, que c'était pour nous protéger des risques de bombardements. C'est ce qu'ont déclaré les agents qui sont venus me chercher.

— Mon œil ! s'insurgea Heinz. Il n'y a plus qu'un seul cours ici : instruction civique. Tu y auras droit cet après-midi. Il sert à nous bourrer la tête avec des théories nazies. Le reste du temps est consacré au sport. Hitler veut que nous devenions tous de beaux soldats, robustes et obéissants.

— Tu le penses vraiment ? s'inquiéta Arthur.

Une sonnerie de clairon retentit dans la cour. Les deux amis se tournèrent vers la fenêtre. Un drapeau rouge et blanc, orné d'une faux à quatre branches, claqua au vent. Un chant s'éleva de la bouche des dix-huit autres membres du foyer, au garde-à-vous face au lieutenant :

— *Camarade, brandis le drapeau... Nous sommes des hommes de notre temps, et ce temps est celui des jeunes soldats. Devant nous marchent, en cohortes serrées, les héros sacrifiés de notre jeune nation. Leur appel résonne en nous. Allemagne notre patrie, à jamais, nous sommes à toi !*

5

Arthur mit moins d'une semaine à se familiariser avec la discipline de la Jeunesse hitlérienne. Il apprit, entre autres choses, que, pour éviter les réprimandes et les corvées, il devait tenir son uniforme impeccable et crier avec un minimum de conviction « Vive Hitler ! » chaque fois qu'un supérieur se présentait. Il comprit, également, qu'on ne devait jamais discuter les ordres de Pleindegaz, qui cumulait les fonctions de responsable du foyer et d'entraîneur sportif.

Le réveil, sauf le dimanche, était sonné avant six heures du matin. La journée débutait par une séance de gymnastique, suivie par la toilette et le lever du drapeau. Après un premier repas commençait une longue séance d'entraînement sportif, qui durait jusqu'à midi. Après le déjeuner de midi, on se rendait en classe pour le cours d'instruction civique. Ensuite, il y avait les travaux d'entretien du foyer, puis de nouveau du sport, la toilette et un dernier repas. La soirée se clôturait par une veillée, où l'on chantait les hymnes à la gloire d'Hitler et du IIIe Reich[1], le nouvel empire allemand.

Arthur et Heinz devinrent inséparables. Ils profitaient de la moindre occasion pour évoquer leurs souvenirs, partager leurs inquiétudes et se confier leurs soucis.

Arthur, qui n'avait jamais quitté ses parents, souffrait particulièrement d'être loin de chez lui. Hélas, il ne recevait aucune lettre. Lorsque le lieutenant procédait à la distribution du courrier, son cœur palpitait de plus en plus fort, et il ne parvenait pas à détacher son regard de la poignée d'enveloppes apportée par l'officier. Il n'y avait jamais rien pour lui. Il ne pouvait qu'observer avec douleur ses camarades de patrouille plus chanceux.

Au bout d'une dizaine de jours, il demanda à Heinz :

— Tu reçois des lettres, toi ?

— Jamais.

La réponse de son ami était sans appel. Arthur soupira :

— Je ne comprends pas. Ma mère avait promis de m'écrire.

— Mon père aussi.

— Pourquoi ne recevons-nous rien, alors ?

---

1. *Reich* signifie « empire ».

— Peut-être, suggéra Heinz, que Pleindegaz garde nos lettres dans son bureau pour nous punir.

— Nous punir ? De quoi ?

— De ne pas être assez motivés, bien sûr !

— Mais je lui obéis, moi !

— Oui, mais tu en fais quand même le moins possible. Il le voit bien.

— Arrête ! Pourquoi est-ce que je me crèverais à m'entraîner pour devenir soldat ? Déjà qu'on n'a pas le droit de rentrer chez nous pour le week-end et que nos parents ne sont pas autorisés à venir nous voir... Si en plus on nous confisque nos courriers, c'est vraiment dégueulasse !

Arthur, submergé par une vague de tristesse, eut l'impression qu'on piétinait sa vie.

— Et les lettres que j'écris, moi, demanda-t-il, tu penses que Pleindegaz les envoie ?

— Je n'en sais rien, mais je te déconseille de lui demander. Il serait trop heureux de te voir ramper à ses pieds.

Arthur pesta :

— Je déteste ce foyer ! Si tu n'étais pas là, jamais je ne pourrais tenir.

Il y eut un silence, un de ces silences qui en disent plus que les mots. Heinz y mit fin en glissant d'une voix émue :

— Toi aussi, tu me sauves, Arthur. Tu m'aides à ne pas penser comme le reste de la patrouille. Alors, écoute bien ce que je vais te dire : à nous deux, je te le jure, on va tenir ! Pleindegaz aura beau me crier dessus, je continuerai à me lever en retard. Et toi, tu continueras à en faire le moins possible. Ce sera notre prouesse, nos deux petites victoires sur Hitler et les nazis.

Arthur eut le cœur raffermi par les paroles de son ami.

— Tu as raison, enchaîna-t-il. Au lieu de nous laisser prendre à leur piège, nous devons penser à autre chose, nous devons continuer à rêver. Ma mère répétait souvent : « Tes rêves, Arthur, personne ne pourra jamais te les voler. » Sais-tu que j'ai un grand rêve ? Un rêve que je porte en moi depuis que je suis tout petit. Je me souviens même du jour où il est né.

— Raconte, fit Heinz.

— Je ne devais pas avoir plus de cinq ans, commença Arthur. Un bombardier Heinkel est arrivé en rase-mottes au-dessus de chez moi. Imagine cet appareil, énorme, qui avance droit sur toi, suspendu dans les airs, comme par magie... Mon corps s'est mis à vibrer aux bruits sourds des moteurs à hélices et j'ai frissonné de la tête aux pieds. On aurait dit un oiseau gigantesque, tellement grand que pendant un instant il a masqué le soleil.

Arthur tendit le bras et, la main ouverte, fit le geste d'un objet en train de planer.

— Depuis ce jour-là, quand un avion passe, je ne peux m'empêcher de lever les yeux. J'ai envie d'être là-haut. Je suis vraiment mordu, tu sais. Je connais par cœur tous les types d'avions.

Heinz déclara avec un sourire :

— Je te comprends, Arthur. Moi aussi, j'ai une passion...

Le garçon hésita un instant avant de continuer.

— Je veux bien t'en parler. Mais il faut que tu me promettes de ne pas te moquer...

— C'est promis.

— Ce soir, avant la veillée, je te montrerai !

Ce soir-là, les deux amis se retrouvèrent dans le dortoir désert. Heinz souleva son matelas, déboutonna la doublure et sortit une sorte de grand cahier.

— Voilà, déclara-t-il. C'est ce que je possède de plus précieux.

Arthur, intrigué, saisit le livre mystérieux que lui tendait son ami et l'ouvrit à la première page.

— Des fleurs séchées ?

— C'est un herbier, précisa Heinz. Avant d'arriver ici, j'apprenais le nom latin donné à chaque espèce par les savants. Tu sais qu'il y en a de merveilleux ? La pâquerette, par exemple, se nomme *Bellis perennis*. Cela signifie « Belle toute l'année ».

— C'est très beau, approuva Arthur, et je devine pourquoi les savants l'ont baptisée ainsi.

— Parce qu'il s'agit d'une fleur très jolie, j'imagine...

— Et surtout qui fleurit toute l'année, même en hiver, ce qui est rare ! Dans certaines prairies de mon père, elles forment de véritables tapis !

Heinz dévisagea Arthur avec satisfaction.

— On s'est souvent moqué de moi à cause de ma passion pour la botanique.

— C'est vrai, reconnut Arthur, que les avions de chasse font plus viril que les pâquerettes. Pour séduire les filles, par contre...

— Parce que tu cours les filles, toi ?

— « Les filles », non, rectifia Arthur. Une seule me suffit.

— Tu as une petite amie ?

— Elle s'appelle Dora. C'est ma voisine. Elle est blonde aux yeux bleus. On se connaît depuis toujours. Je pense souvent à elle, tu sais.

Arthur sourit en pensant au beau visage de son amie.

— Elle, reprit-il, sa passion, c'est la poésie.

— La poésie ! fit Heinz. Il y a justement une phrase de Goethe[1] que j'adore : « Il est bien certain que dans ce monde rien ne rend un homme nécessaire si ce n'est l'amour. » C'est bien dit, n'est-ce pas ? Et sais-tu que ce grand poète a aussi étudié les fleurs ? Il est le premier à avoir compris que les pétales étaient des feuilles transfor-

---

1. Poète allemand (1749-1832).

mées pour attirer les insectes. Il pense aussi que d'autres feuilles se sont transformées plus encore, afin de former les enveloppes qui protègent les graines.

— Ce n'est pas Hitler, répondit Arthur, qui aurait imaginé des choses aussi délicates et étonnantes !

Ces instants d'intimité avec Heinz aidaient Arthur à supporter la discipline militaire du foyer et la dureté du lieutenant. Le seul autre moment où il se sentait un peu à l'aise était celui de la veillée. L'ambiance autour du feu allumé en plein air lui rappelait la cheminée ouverte de la ferme de ses parents. Chacun piquait des pommes au bout de fines tiges de bois pour les cuire au-dessus des braises. On riait lorsqu'elles finissaient brûlées ou tombaient dans les cendres. C'était comme si, à la faveur de la nuit illuminée par le feu, le poids de la réalité s'estompait au profit de l'insouciance. Un soupçon de camaraderie s'installait. On chantait. Les paroles ne plaisaient guère à Arthur, mais la musique était si entraînante, qu'il ne parvenait pas à s'empêcher de fredonner avec les autres :

Votre nom, mon Führer, est synonyme de bonheur pour nous, votre jeunesse.

Votre nom, mon Führer, est pour nous vie éternelle.

Le reste du temps, la vie au foyer n'était qu'individualisme, rudesses et violences. Il fallait courir, sauter, nager, lutter. Le lieutenant s'en prenait sans cesse à Heinz.

— Regardez-moi cette limace de Slave ! criait-il. Dernier d'un bout à l'autre de la course ! Jamais il ne pourrait vous égaler ! Entraînez-vous, dépassez-vous, surpassez-vous ! Les faibles sont la pourriture du monde. Ils ne méritent que la domination et le mépris !

Couraient alors sur les bouches de Baldus et des autres des ricanements mauvais. Arthur, qui refusait de croire à la théorie des races, vivait cela avec douleur et effroi. Il avait l'arrogance en horreur et souffrait chaque fois que quiconque s'en prenait à son ami. Le professeur d'instruction civique, à cet égard, rivalisait avec Pleindegaz :

— Observez la différence, clamait-il du haut de son estrade en désignant Heinz, entre ce corps malingre, typique des Slaves, et la stature athlétique du parfait Aryen. Lequel, selon vous, représente l'avenir de l'humanité ?

Arthur sentait son sang bouillir. Il aurait voulu avoir le cran de répliquer que c'étaient eux les barbares, qu'il y avait autre chose dans la vie que la guerre et les combats : l'amour de la terre, l'amour tout court, les avions, les fleurs, la poésie... Du haut de ses treize ans, cependant, il n'osait pousser la révolte jusqu'à ses lèvres. Pleindegaz l'impressionnait trop, avec son uniforme sévère et sa voix qui frappait l'esprit comme un marteau le fer.

Chaque jour, avec un acharnement méthodique, le lieutenant poursuivait son travail de dénigrement. Il utilisait la présence de Heinz pour mieux apprendre au reste de sa troupe à honnir les faibles.

Des semaines passèrent. Arthur obéissait juste ce qu'il fallait pour que Pleindegaz le laisse en paix. Heinz, de son côté, persistait à jouer les retardataires : il se prétendait incapable de mémoriser les leçons d'instruction civique et traînassait systématiquement lors des entraînements sportifs. En guise de sanction, le lieutenant l'envoyait systématiquement à la corvée.

Puis l'automne arriva, avec son temps maussade.

Un matin, tandis qu'il pleuvait des trombes d'eau glacée, Heinz arriva une fois encore au lever du drapeau avec dix minutes de retard.

Jusqu'à ce jour, Pleindegaz était toujours resté d'un calme impressionnant. Cette fois, le visage de l'officier s'empourpra jusqu'au front.

— C'est à cette heure que l'on rejoint sa patrouille ? hurla-t-il.

— Désolé, Herr lieutenant, répondit Heinz.

— Désolé ? tonna l'officier en martelant chaque syllabe. Tu nous prends pour des idiots ? Nous sommes sous la pluie, et toi, tu traînes, bien au chaud dans ton lit !

Les yeux enflammés, Pleindegaz leva le bras droit :

— Je ne sais pas ce qui me retient de te...

Il ne termina pas sa phrase.

— Corvée de patates, reprit-il en baissant le bras. Quand tu auras fini, tu éplucheras des oignons. Des kilos d'oignons qui brûlent les yeux. Tu entends ! Des tonnes d'oignons !

Tandis que Heinz passait sa journée en cuisine, Arthur repensa à la scène plus de cent fois. Il se remémorait avec effroi le regard du lieutenant. Il y avait entrevu quelque chose qui dépassait de loin la simple colère, une chose qu'Arthur n'avait encore jamais observée.

Les deux amis se retrouvèrent dans le dortoir, juste avant l'heure du coucher.

— Ce matin, confia Arthur à voix basse, j'ai eu peur pour toi. Lorsque Pleindegaz a levé la main, j'ai cru qu'il allait... — il hésita avant de prononcer la suite — te tuer ! Toute cette haine dans ses yeux, ça ne t'a pas effrayé ?

Heinz dévisagea son ami durant plusieurs secondes. Puis il répondit d'une voix sourde :

— Si.

— Vas-tu te mettre à lui obéir ? demanda Arthur avec gravité.

— À moitié, comme je fais depuis le début. Et tant mieux si ça le rend fou de rage.

— Fais attention, Heinz, murmura Arthur. Fais attention...

Ils avaient juste fini de discuter lorsque des camarades

s'approchèrent, les visages sombres et tourmentés. Arthur, assis sur son lit, craignit aussitôt pour son ami.

— On voudrait savoir, lança le premier en s'adressant à Heinz, pourquoi t'es toujours en retard.

— Est-ce vrai, ce qu'a dit le lieutenant, ce matin ? demanda le second. C'est pour te payer notre tête ?

— T'es pas du tout aryen, fit le troisième, mais tu pourrais rallier notre cause, si tu voulais.

— Pareil pour toi, Arthur ! ajouta un quatrième. Tu fais bande à part. T'es pas d'accord avec nos idées ? Tu veux pas devenir soldat et servir Hitler ?

— Pourquoi je le servirais ? répliqua Arthur sans se laisser impressionner. Ce que je veux, c'est apprendre à vivre, pas à mourir. Et dans un pays heureux, pas dans une nation en guerre !

Il dévisagea ses camarades et vit que le doute se glissait en eux. La dictature de Pleindegaz pouvait-elle voler en éclats ? Il suffisait pour cela que les esprits se réveillent.

Baldus, qui avait entendu la discussion, s'avança. Le Jungschaftführer était membre de la Jeunesse hitlérienne depuis l'âge de dix ans. Des doutes, il n'en connaissait plus. Entraînant derrière lui le reste du dortoir, il fit face aux deux amis :

— La vérité, Gruber, c'est simplement que t'es une lopette, et tu aimerais qu'on devienne tous comme toi.

C'est pour ça que t'es ami avec le Slave. Au fond, vous vous ressemblez, tous les deux.

Arthur sonda les regards. Les yeux ne tremblaient plus. La révolte tombait en cendres avant même d'avoir pris feu.

— Je vais te dire, Gruber, reprit le chef de patrouille, t'as même pas de couilles. T'es pas digne d'être un Aryen !

— Et toi, Baldus, intervint Heinz, des couilles, tu en as une en trop. Elle est logée dans ton crâne et remplace ton cerveau.

Les lèvres du Jungschaftführer, à la recherche d'une réplique qui soit à la hauteur, frémirent. N'en trouvant aucune, il marcha jusqu'au matelas de Heinz. D'une main, il souleva la paillasse ; de l'autre, il déchira la housse. Il sortit l'herbier de sa cachette et le brandit devant ses camarades :

— Regardez tous à quoi joue ce dégénéré pendant que nous nous entraînons ! Il cueille des fleurs !

Heinz bondit pour récupérer son bien. Baldus, qui le dépassait d'une tête, n'eut qu'à lever le bras pour mettre le cahier hors d'atteinte.

— Qu'est-ce qu'il y a, le Slave ? railla-t-il, tu veux récupérer ton livret ? Pour ça, il va falloir ramper à mes pieds et les lécher !

Arthur sentit ses poings se serrer. C'en était trop. Il se dressa devant Baldus.

— Rends ça, ordonna-t-il.

Les regards acérés comme des dagues, les deux garçons se jaugèrent.

— Le rendre ? murmura Baldus. D'accord...

Le Jungschaftführer referma le cahier, le saisit à pleines mains et le déchira dans toute sa longueur.

— Voilà, dit-il en tendant les deux morceaux, rends ça à ton « ami ». Et compte sur moi pour demander au lieutenant de vous coller à la cuisine pour au moins une semaine.

Arthur sentit la colère l'incendier, du bout des pieds jusqu'à la racine des cheveux.

— Salopard, siffla-t-il en levant le poing sur Balthus. Je vais te...

Mais Heinz se précipita pour retenir son bras.

— Ne fais pas ça !

— Pourquoi ?

— Je t'en prie, Arthur, ne te bats pas. Il ne cherche que ça : que tu deviennes une brute, comme lui.

— Mais ce salopard a déchiré ton herbier !

Heinz eut un sourire :

— Je le recommencerai. Les nazis peuvent tout faucher sur leur passage, ils n'empêcheront jamais les fleurs de repousser.

Deuxième partie

« Sang et honneur »...

Janvier 1943

Début de la contre-attaque soviétique. L'armée allemande, affaiblie par le froid, connaît ses premières difficultés. Plus de cent mille hommes tombent dans la ville russe de Stalingrad. « Tenez jusqu'à la mort, *ordonne le Führer à ses soldats encerclés. Des Aryens ne peuvent être vaincus !* »

1

Un hiver si féroce s'était abattu sur l'Europe que,
durant la nuit, les pierres se fendaient sous l'effet du gel.
Un soir, en pleine tempête de neige, Pleindegaz apprit
que son fils unique, parfait Aryen et fier soldat d'Hitler,
avait perdu la vie en Russie.

Le lendemain matin, le visage livide, il entra dans le
dortoir et réveilla la chambrée de sa voix d'acier :

— Debout pour l'exercice !

Arthur, dressé sur sa couche, vit le lieutenant qui
s'approchait du lit de Heinz, une tige de saule blanc à
la main. Comprenant ce qui allait se passer, il cessa de
respirer.

— Pas un mot, Gruber, avertit Pleindegaz, ou tu y as
droit toi aussi.

L'officier prit une inspiration profonde et, sans prévenir, abattit sa baguette sur Heinz toujours endormi.

Le jeune garçon tressauta et hurla de douleur.

— À partir d'aujourd'hui, Slave de malheur, cria Pleidegaz, tu vas te lever en même temps que les autres ! Fini de te la couler douce à aider le cuisinier. Tu vas apprendre à obéir, au doigt et à l'œil. Tu deviendras un soldat et tu iras tuer de tes mains ceux qui ont assassiné mon fils. Refuse encore une seule fois de servir la race élue, et je te tue ! Tu entends, sous-homme ? Je te tue !

Pleindegaz se remit à frapper. Arthur se mordit les lèvres en voyant son ami se tordre sous les coups. Que pouvait-il faire ? Se jeter sur le lieutenant pour l'arrêter ? Seul, il n'avait aucune chance. Demander l'aide des autres ? Aucun ne bougerait.

Longtemps, Heinz parvint à résister, serrant les dents afin de s'empêcher de crier. Mais Pleindegaz le cinglait avec une telle force !

— Arrêtez, gémit soudain le jeune garçon en levant la main. Je... j'obéirai.

Tous les membres de la patrouille fixèrent alors l'officier. Son front était perlé de sueur et son regard si terrifiant que même Baldus n'osa ricaner.

— Tout le monde dehors, hurla le lieutenant, et pleins gaz !

Tout au long de la journée, Heinz fut rossé jusqu'à ce qu'il coure, rampe et s'épuise avec autant d'ardeur que les autres, jusqu'à ce qu'il crie, jusqu'à ce qu'il hurle : *Hitler est mon maître, Hitler est mon dieu !*

Le soir, Arthur aida son ami meurtri par les coups et la fatigue à grimper sur son lit. Heinz se recroquevilla et, fermant les yeux, se mit à pleurer. Arthur en eut le cœur déchiré.

— Je te demande pardon, souffla-t-il. J'aurais dû intervenir. J'aurais dû...

Il se tut, à cours de mots, désemparé.

— Et si tu faisais comme moi ? murmura-t-il soudain. Juste ce qu'il faut pour que ce fou te laisse tranquille...

— Tais-toi, grinça Heinz. Tais-toi !

Arthur obéit, jusqu'à ce qu'une autre idée lui vienne à l'esprit :

— Heinz ! J'ai trouvé ! Tu veux que Pleindegaz meure de rage ? Tu veux leur faire regretter, à tous, leurs insultes et leurs railleries ?

Heinz ouvrit les paupières, Arthur poursuivit :

— N'attends pas de prendre des coups, défonce-toi sans qu'ils te le demandent ! Prouve-leur qu'avec tes yeux sombres et tes cheveux noirs tu peux être plus fort qu'eux ! Piétine leurs théories en finissant premier ! Je t'aiderai, autant que je pourrai. Au besoin je ralentirai Baldus, mais je t'en prie, ne te laisse plus frapper ainsi !

Le lendemain matin, Arthur sourit en voyant son ami être l'un des premiers à se ranger au garde-à-vous devant l'officier.

— Schön[1], souffla Pleindegaz. Schön.

Deux semaines plus tard, cependant, le lieutenant dût relativiser sa victoire. Heinz, soutenu et encouragé par Arthur, amorçait sa revanche. Si son endurance n'avait rien d'extraordinaire, il se distingua rapidement en vitesse et en précision. Agile et nerveux, il pulvérisa le record du cent mètres détenu par Baldus, puissant mais trop massif. Quelques jours plus tard, il termina second au parcours d'obstacles. Lorsque des soldats de l'armée de terre organisèrent une initiation au tir au pistolet, à la mitrailleuse et au fusil, Heinz fut le seul à obtenir une médaille pour n'avoir jamais manqué sa cible et Arthur observa avec délice le visage déconfit du lieutenant, pris à son propre piège.

Le surlendemain de ces exercices de tir, Heinz poussa sa guerre du zèle jusqu'à répondre sans la moindre faute à toutes les questions posées par le professeur d'instruction civique. La tête haute, il récita, au mot près, le long chapitre de son manuel intitulé : « Les races inférieures, trop faibles, sont destinées à disparaître ». Aucun autre élève n'avait encore réussi pareil exercice de mémorisation.

À la sortie du cours, Arthur se précipita vers son ami :

---

1. Bien (prononcer : *Cheunn*).

— Tu aurais dû voir leur tête, quand tu récitais ! jubila-t-il. Baldus était sci-é !

Heinz se montra moins enthousiaste :

— Tu sais, Arthur, je crains que ça ne les rende encore plus mauvais...

Effectivement, lorsque le professeur d'instruction civique vint trouver Pleindegaz dans son bureau pour lui raconter les faits, ce dernier explosa de colère :

— Pourquoi n'ai-je pas laissé ce sous-être humain se lever à sa guise et éplucher tranquillement les pommes de terre ? tonna-t-il. À présent, le voici qui pavoise avec sa médaille de tir. Au lieu de le mépriser, les autres sont à deux doigts de le jalouser !

Lors des exercices sportifs, il se mit à hurler, non plus sur Heinz, mais sur le reste du groupe, qui restait à la traîne.

— Plus vite ! Plus haut ! Bande de larves ! Vous n'allez pas vous laisser battre aussi facilement !

N'obtenant pas le résultat escompté, il organisa un tournoi de lutte, convaincu que Heinz, avec son corps de chat maigre, serait broyé comme une fourmi. Arthur apprit à son ami toutes les prises qu'il connaissait. Heinz, vif comme un serpent, parvint à éviter les mauvais coups et termina quatrième.

Le lieutenant n'en dormait plus. En pleine nuit, il écrivit une longue lettre à son chef de district et, cinq jours plus tard, deux policiers portant des brassards à croix gammée arrivèrent dans une voiture noire.

— Sur deux lignes, dans la cour, au garde-à-vous ! ordonna Pleindegaz.

Le plus âgé des policiers prit la parole.

— Jeunes gens, nous sommes venus afin de vous débarrasser du pire fléau qui soit. Des preuves irréfutables établissent que le père de l'un d'entre vous est à la solde des communistes. Les communistes sont, avec les Juifs, les pires ennemis du Reich ! Notre fier empire n'a que faire des fils de traître.

Il inspira bruyamment par le nez, avant de poursuivre, sur un ton violent et abrupt :

— En conséquence, le dénommé Heinz Valzef ira rejoindre son père dans un camp de travail.

Arthur vit les deux policiers s'avancer vers son ami. Le premier lui arracha sa médaille, l'autre le saisit par la veste, l'entraîna avec rudesse jusqu'à la voiture et le jeta sur le siège arrière.

Arthur se mit à trembler. Son ami était emmené sous ses yeux. Il devait crier aux policiers qu'ils n'avaient pas le droit, qu'ils se trompaient !

Les lèvres clouées par la peur, cependant, il demeurait muet.

Les deux amis eurent à peine le temps d'un dernier regard.

« Pardonne-moi, cria Arthur à l'intérieur de sa tête, pardonne-moi ! »

Les portières claquèrent. La voiture fit demi-tour et, trop vite, ne fut plus qu'un point noir avalé par l'horizon couvert de neige.

2

Ce soir-là, Arthur sentit le froid le pénétrer jusqu'aux os. Longtemps, il pensa à Heinz dans la solitude de la nuit. Où l'avaient-ils emmené ? Depuis son arrivée au foyer, Arthur avait déjà essuyé quelques coups de cafard. Jamais, cependant, son cœur n'avait pesé aussi lourd dans sa poitrine.

Il fit le point. En trois mois, il avait écrit plus de dix lettres à ses parents. Dans chacune d'elles, il leur avait expliqué à quel point le travail à la ferme, ses escapades à l'aérodrome et son amie Dora lui manquaient. Il n'avait reçu aucune réponse et ne savait quoi penser. Ses lettres s'étaient-elles toutes égarées ? Était-il arrivé quelque chose à ses parents ? Lui en voulaient-ils de s'être laissé emmener par les policiers ?

Arthur, en plein désarroi, se sentit infiniment seul. Il se mit à pleurer.

Il ignorait que Pleindegaz, suivant les instructions données par Hitler, lisait le courrier et ne laissait jamais partir les lettres où les garçons se plaignaient. Quant aux lettres des parents, il ne les distribuait qu'aux éléments les plus méritants.

Lorsqu'il se réveilla au son du clairon, le lendemain matin, sa première pensée fut pour Heinz. La rancœur contre Hitler l'envahit : ce tyran, après l'avoir arraché aux siens, venait de lui voler son ami.

— Jeunes gens, annonça le lieutenant après la gymnastique matinale, la journée sera consacrée à une longue course d'orientation. Vingt kilomètres en culottes courtes à travers la neige et la campagne glacée.

— Si tu crois que je vais me crever pour toi ! marmonna Arthur. Tu peux toujours rêver !

Il finit en effet la course loin derrière le reste de la patrouille.

— Arthur Gruber, déclara Pleindegaz à son arrivée au foyer. Sais-tu que tu fais honte à la race aryenne ? Tu es capable de beaucoup mieux ! Quand seras-tu enfin digne de notre Führer ?

Arthur se mit au garde-à-vous pour répondre :

— Dès qu'il aura les cheveux blonds et les yeux bleus, Herr lieutenant.

Pleindegaz pâlit.

— Jeune fou ! répliqua-t-il. Je n'aurais qu'à claquer des doigts pour t'envoyer croupir dans un camp jusqu'à la fin de tes jours.

Un sourire mauvais déforma les lèvres du lieutenant.

— Mais, enchaîna-t-il avec une étrange lueur au fond des yeux, perdre un Aryen aussi parfait que toi serait dommage. Je vais donc prendre le temps de trouver une sanction appropriée à ton effronterie. Un conseil, néanmoins : si tu aimes ta famille, si tu ne veux pas qu'il lui arrive malheur, ne me provoque plus jamais, tu entends ?

Arthur, maté, acquiesça d'un signe de tête et quitta la pièce sans plus prononcer un mot.

3

Le froid de février 1943 était redoutable au point que les fenêtres du foyer restaient couvertes de givre toute la journée. Sur le front russe, les morts se comptaient par centaines de milliers. À Stalingrad, la situation de la VIe armée allemande encerclée était désespérée.

— Vous m'avez fait appeler, Herr lieutenant ? demanda Arthur.

Il faisait nuit depuis longtemps. L'officier, assis à son bureau, releva la tête. À la lueur d'une lampe à pétrole, il avait passé la soirée à relire les lettres qu'Arthur avait écrites à ses parents. Il avait remarqué un sujet récurrent : les aéroplanes.

— Oui, entre, fit-il. Et ferme la porte.

Arthur pénétra avec lenteur dans la pièce lambrissée, décorée d'un drapeau rouge à croix gammée et remplie de la chaleur douce d'un petit poêle à charbon.

— Bien, reprit l'officier. Je vais être direct.

Arthur sentit les battements de son cœur gagner en force. Il était conscient d'avoir pris un risque énorme, dix jours auparavant, en provoquant Pleindegaz. Il se préparait à en payer les conséquences. « Surtout ne pas trembler, se dit-il. Je ne dois pas lui montrer ma peur ! »

— Mon garçon, commença Pleindegaz, ton attitude me cause bien du souci. Lorsque Heinz était là, tu en faisais déjà le moins possible. À présent qu'il est parti, la situation a empiré. Ne me force pas à te réserver le même sort, vous n'avez rien en commun. Toi, tu es un pur Aryen. Tu es l'avenir de notre nation, tu es l'avenir de l'humanité, et puis...

Il continua au ralenti :

— Tu es, m'a-t-on dit, féru d'aviation ?

Arthur frémit. « J'ignore comment ce nul est au courant, se dit-il, mais s'il imagine qu'il lui suffit de me parler d'avions pour que je vienne manger dans sa main, il se met le doigt dans l'œil. »

— Sais-tu, poursuivit Pleindegaz, que la Jeunesse hitlérienne pourrait t'offrir d'apprendre à piloter ?

Fort adroitement, il ménagea une pause avant d'enchaîner avec un maximum d'effet :

— Tu dois toutefois savoir, Arthur, que seuls les meilleurs éléments de la JH ont le droit de choisir leur orientation. Tu vas avoir quatorze ans. Tu pourras bientôt intégrer la *kern* JH, la JH proprement dite, et changer de foyer. Il te suffira, pour cela, de prêter serment de fidélité à Hitler. La cérémonie nationale aura lieu, comme chaque année, le 20 avril, jour de l'anniversaire de notre Führer. Cependant, si tu veux pouvoir choisir ton affectation, tu dois changer de comportement.

Le lieutenant fit mine de réfléchir.

— Voici ma proposition, poursuivit-il : dans six semaines aura lieu un tournoi sportif entre les différents foyers du district. Si tu remportes trois victoires, je me ferai fort d'obtenir ton transfert dans une unité où tu apprendras le pilotage. Si les instructeurs t'estiment doué, tu passeras tes brevets de vol en planeur pour devenir cadet des forces aériennes. À dix-huit ans, tu pourras piloter des avions à moteur.

Arthur frissonna. Il était entré dans ce bureau rempli de la crainte d'être frappé, puis emmené par la police ; au lieu de quoi, le lieutenant lui offrait de réaliser son rêve. « À moi, pensa Arthur, le fils de fermier qui ai arrêté l'école à onze ans, on me propose de piloter des avions de chasse ! »

L'espace d'une seconde, gagné par le vertige, il se vit là-haut, dans un creux de ciel, aux commandes d'un de ces avions qu'il admirait tant.

— Ne pense surtout pas, intervint le lieutenant, que je te tends un piège. Notre pays est en guerre. L'armée a besoin de pilotes robustes et audacieux. Un pilote est un être de feu qui défie Dieu et le ciel à chaque envol !

J'ai bien vu que tu étais intelligent, Arthur. Montre donc à tous de quoi tu es capable ! Gagne ce tournoi et deviens le meilleur élève-pilote du Reich !

***

Les pas d'Arthur crissèrent dans la neige gelée. Il releva le col de sa veste et s'immobilisa, seul sous le ciel obscur de la nuit. Malgré la morsure du froid, il avait éprouvé le besoin de sortir au grand air afin de réfléchir à la proposition du lieutenant. « Je ne crois pas que Pleindegaz me mente », pensa-t-il.

Il laissa son regard se perdre parmi les étoiles et regretta que Heinz ne soit plus là pour le conseiller.

« Supposons que je devienne pilote. À dix-huit ans, si nous sommes toujours en guerre, il me faudra me battre et peut-être tuer... »

Il y eut un coup de vent. Arthur, grelottant, décida de rentrer au dortoir. Ses camarades étaient déjà endormis. Il se glissa dans son lit et s'imagina volant au-dessus de chez lui aux commandes d'un Focke-Wulf, son chasseur préféré. Son père et sa mère étaient en train de labourer. Un peu plus loin, Dora lui faisait de grands signes. Arthur sourit et, gagné par le sommeil, se laissa emporter par un pan de ciel bleu qui, loin devant, s'ouvrait à lui.

4

Arthur avait arrêté l'école très jeune, il n'en avait pas moins la tête sur les épaules. Le lendemain de son entrevue avec le lieutenant, il rédigea une longue lettre à ses parents pour leur demander conseil. Il expliqua, d'un côté, son envie d'apprendre à piloter, de l'autre, sa méfiance envers le lieutenant qui s'était montré si cruel envers son ami Heinz. Il leur répéta qu'en cinq mois il n'avait reçu d'eux aucune nouvelle et qu'il s'inquiétait. Il concluait par cette phrase : « Chers parents, j'ai besoin de votre avis. Je n'ai que vous. Écrivez-moi, je vous en prie ! »

Une semaine plus tard, temps nécessaire à un aller-retour par voie postale, il attendit la distribution du courrier le cœur battant.

— Baldus, Conrad, Hanz, Elmut, appela le lieutenant...

Une fois de plus, aucune lettre ne lui était destinée. Il leva la main pour demander la parole.

— Un problème, Arthur ? s'enquit l'officier.

— Je ne comprends pas, Herr lieutenant. En cinq mois, je n'ai reçu aucun courrier. J'ai peur qu'il soit arrivé malheur à ma famille.

Pleindegaz eut l'air désolé :

— Rassure-toi, tes parents se portent certainement très bien. Simplement, notre pays est en guerre et il arrive que le courrier se perde. Et puis, à présent que tu les as quittés pour devenir un bon Allemand, ils ont sans doute mieux à faire que de s'occuper de toi. Ne te tracasse pas, tu as une nouvelle famille à présent : c'est la Jeunesse hitlérienne. La JH, elle, ne te laissera jamais tomber.

Arthur, ébranlé, observa ses camarades en train d'ouvrir leurs enveloppes.

— Ce n'est pas vrai, s'écria-t-il en se levant de son siège, mes parents ne m'ont pas oublié !

Il quitta la classe avec fracas et courut se cacher dans les dortoirs pour pleurer. Pourquoi ses parents ne lui écrivaient-ils pas ? Il n'avait rien fait pour mériter cela.

Arthur eut une nouvelle fois l'impression que tout s'effondrait autour de lui. Son père et sa mère l'avaient oublié, son ami avait été emmené dans un camp, que lui restait-il auquel se raccrocher ? Il repensa soudain aux avions et à la proposition du lieutenant.

« C'est vrai qu'il y a la guerre, pensa-t-il. Mais je n'aurai l'âge de combattre que dans quatre ans. D'ici là, elle sera certainement terminée. En attendant, pourquoi ne pas en profiter pour apprendre à piloter ? Pleindegaz me demande juste de remporter une compétition sportive... Je ne deviendrai pas un nazi pour autant. »

Dans les jours qui suivirent, le professeur d'instruction civique déploya une grande carte d'Europe. Il expliqua comment le Führer avait transformé l'Allemagne en un gigantesque empire, qui s'étendait de la Pologne à la France. Lorsque Hitler était arrivé au pouvoir, en 1933, le pays ne connaissait que misère et chômage. Le Führer avait fait construire des usines d'armement qui avaient redonné du travail, de l'espoir et de la dignité à des millions d'Allemands.

« Le professeur n'a quand même pas inventé tout cela, estima Arthur. Heinz exagérait peut-être en critiquant tout ? »

Ces nouveaux flocons de doute le rapprochèrent encore du moment de l'avalanche. Trois nuits plus tard, incapable de s'endormir, il se tourna subitement vers le portrait d'Hitler.

— Tant pis, souffla-t-il. Je ne tiens plus, je veux saisir ma chance et partir d'ici. Je vais faire ce que Pleindegaz me demande. Je vais m'entraîner pour gagner...

Le souvenir de Heinz fit irruption dans son esprit. Arthur se rappela les humiliations que lui avait imposées

Pleindegaz et la voiture noire qui l'avait emmené. Il craignit subitement de trahir son ami.

« Non, Heinz ! se défendit Arthur. Je ne t'ai pas oublié. Pour te le prouver, je vais te faire un serment. Jamais je ne deviendrai nazi, tu entends ? JAMAIS je ne mépriserai ceux qui sont différents de moi ! »

Libéré, soudain, de la tension qui le minait depuis des jours et des nuits, Arthur ferma les paupières et sentit son cœur s'apaiser.

— Tu te rends compte, Heinz ! murmura-t-il, comme si son ami se trouvait réellement à ses côtés. Je vais apprendre à voler ! Je vais quitter cet enfer pour le paradis, tu comprends ? Le paradis !

Le lendemain, Arthur fut le premier debout. À la course du matin, il batailla comme un lion pour devancer Baldus et finir à la première place. Pleindegaz, qui observait la scène, plissa les yeux de plaisir : il avait fallu du temps, mais son plan avait fonctionné.

— Alors, la mauviette ? se moqua Baldus. Qu'est-ce qui te prend ? Tu essayes de me dépasser ?

— La mauviette va te montrer ce qu'elle sait faire, se contenta de répondre Arthur.

Et Baldus, pour ne pas être dépassé, dut accélérer.

À dater de cet instant, Arthur s'entraîna avec un tel appétit que, fin mars, lors de la compétition du district, qui se déroulait à Augsburg, la ville la plus proche, il remporta les trois victoires exigées par Pleindegaz : course à pied, lancer du javelot et saut en longueur.

Plus de vingt mille garçons de la JH, venus des foyers de toute la région, assistèrent aux compétitions. Sur un podium orné de longs drapeaux rouges à croix noire, un officier supérieur décora les vainqueurs d'une sowelu argentée marquée d'un cercle orné d'une croix gammée.

— Mon garçon, déclara ce haut responsable de la JH en serrant chaleureusement la main d'Arthur, votre rage de vaincre est pour nous tous un exemple ! Continuez !

La foule massée devant le podium applaudit. Arthur, qui n'avait jamais reçu une telle ovation, sentit son cœur se gorger de fierté.

De retour au foyer, Pleindegaz organisa une fête en l'honneur du héros.

— Pour notre champion, lança-t-il, hip hip hip...

— Hourra !!!

Le cuisinier avait préparé des gâteaux. On mangea et on chanta jusque tard dans la nuit.

— Je t'ai mal jugé, admit soudain Baldus au cours de la soirée. Je sais maintenant que tu peux devenir un grand soldat.

Arthur ne sut quoi répondre. Pour la première fois depuis qu'il avait intégré la JH, il se sentait heureux. Au cours des épreuves, les membres de sa patrouille l'avaient encouragé. Ils l'avaient ensuite applaudi et félicité. À présent, même Baldus se montrait sympathique.

« Le lieutenant n'avait donc pas tout à fait tort, songea-t-il, troublé. La JH peut devenir comme une famille... »

Ce soir-là, grisé par les événements de la journée, il chercha longtemps le sommeil. « Tous ces applaudissements, se répétait-il. C'était incroyable. »

L'école de pilotage était désormais à portée de main.

« Il ne me reste plus qu'à prêter serment, et ce sera à Pleindegaz – il rectifia –, je veux dire au lieutenant, de prouver qu'il n'a pas menti. »

5

La prestation de serment eut lieu quinze jours plus tard. Contrairement à ce qu'avait laissé croire le lieutenant, aucun garçon de quatorze ans n'avait le choix : tous devaient prendre part à la cérémonie.

La nuit du 20 avril 1943, Arthur rejoignit donc des milliers de camarades de son âge à Ingolstadt. D'innombrables flambeaux avaient été allumés et formaient des allées de lumière entre lesquelles les jeunes garçons défilèrent.

La population de la ville s'était rassemblée pour l'occasion. Des centaines de drapeaux à croix gammée se dressaient le long du parcours. L'atmosphère était électrique. Par moments, d'impressionnants roulements de tambours mimaient le tonnerre.

— Toutes ces lumières et ces drapeaux, que c'est beau ! glissa Arthur à Baldus qui marchait au pas à côté de lui. On dirait qu'il va se passer quelque chose d'extraordinaire...

— Mais c'est le cas ! lui répondit Baldus. Aujourd'hui, tu t'engages à donner ta vie à Hitler !

Arthur tressaillit. Emporté par son rêve d'apprendre à piloter, il n'avait pas vraiment pris conscience de la gravité du serment qu'il allait prononcer. Baldus avait cependant raison : il s'agissait bien de « donner sa vie à Hitler ». L'opinion d'Arthur à propos de la JH avait un peu changé, ces derniers temps, mais était-ce suffisant ?

L'ordre fut donné de se disposer au garde-à-vous sur plusieurs files. Arthur, placé au second rang, sentit les doutes reprendre force en lui. Était-il sûr, en son âme et conscience, de vouloir prononcer un tel engagement ?

« Si je jure, pensa-t-il, j'aurai droit à l'école de pilotage. Si je me tais, j'irai en prison. »

Tandis que la première rangée levait la main au-dessus du drapeau à croix gammée et prêtait serment, Arthur fit un rapide bilan de ce qu'il acceptait de croire et de ce qu'il refusait.

La supériorité de la race aryenne ? En souvenir de Heinz, il n'y croirait jamais.

Mais devait-il voir en Hitler un fou furieux, ou l'envoyé du ciel qui avait sorti l'Allemagne de la détresse pour lui redonner sa grandeur ?

Le temps lui manquait pour réfléchir. Dans un roulement de tambours, le premier rang se retirait déjà afin de laisser la place au suivant.

— Levez le bras au-dessus du drapeau ! ordonna l'un des officiers chargés de l'encadrement.

Arthur se mit à trembler. Il ne savait plus : devait-il résister, comme Heinz le lui avait appris, ou offrir sa vie à Hitler ?...

« Je vais jurer, décida-t-il soudain, mais du bout des lèvres et sans croire à ce que je dirai. »

Il leva le bras et, d'une voix chevrotante, lut tout haut le texte qu'on lui présentait :

— *En présence de cette bannière rouge sang qui symbolise notre Führer, moi, Arthur Gruber, je jure de consacrer toute mon énergie et toute ma force pour le sauveur de notre patrie, Adolf Hitler, et je m'engage à donner ma vie pour lui. Que Dieu me vienne en aide.*

Le lendemain, Arthur reçut des épaulettes militaires et une ceinture ornée d'un aigle tenant dans ses serres une croix gammée. Sur la boucle de bronze, on pouvait lire : *Blut und Ehre*, « sang et honneur ». Pleindegaz expliqua que cette devise, deux mille ans plus tôt, avait été celle des gladiateurs de la Rome antique. À quatorze ans, Arthur entrait dans l'arène de la guerre, sans ami ni bouclier, car plus aucun ami n'était là pour le protéger.

Troisième partie

« Croire, obéir, combattre » [1]

Mai 1943

Alors que la contre-attaque soviétique s'intensifie, les Américains et les Britanniques fixent la date du débarquement de Normandie.

---

1. Slogan extrait de *Mein Kampf*.

1

Arthur ne tenait plus en place. Trois jours après sa prestation de serment, un train poussif l'emmenait vers Leipzig.

Pleindegaz avait tenu parole. Il avait même décidé d'accompagner son nouveau protégé jusqu'à sa nouvelle école. Lorsque la locomotive à vapeur arriva enfin à destination, Arthur fut le premier à mettre le pied sur le quai. Le foyer-école de la JH étant situé en dehors de la ville, les derniers kilomètres se firent en taxi.

— Vous avez vu ? s'exclama Arthur en descendant du véhicule. Ils ont gravé un planeur dans le linteau de la porte d'entrée.

Le lieutenant sourit.

— Tu es un vrai passionné, dit-il. Dès qu'il est question d'avions, tes yeux brillent. Mon fils aussi aurait aimé...

Le visage de l'officier se rembrunit.

— Je dois rentrer au foyer avant la nuit, reprit-il. Voici ta fiche d'inscription. Demande à être reçu par le directeur. Je l'ai prévenu personnellement de ton arrivée.

Arthur saisit le document et, brusquement, releva la tête. Pleindegaz venait de lui poser une main sur l'épaule, geste étonnant de la part d'un homme qui s'était jusqu'alors montré si rude.

— Mon garçon, déclara l'officier d'une voix remplie d'une sincère émotion, tu m'as donné du fil à retordre, mais je t'ai sorti de l'obscurité. À présent, un bel avenir s'offre à toi !

Il fit le salut hitlérien et repartit vers le taxi. Arthur, que l'émotion de l'officier avait gagné, le regarda s'éloigner en mesurant à quel point ses pensées avaient changé, ces derniers temps.

« Non, se défendit-il, je ne suis pas devenu nazi. Cet homme a été odieux envers Heinz et je lui en voudrai toujours. Simplement, je lui dois d'être ici. »

L'imposante porte en chêne de son nouveau foyer donnait accès à un vaste hall, où était exposé un planeur constitué de toile et de bois. Arthur s'approcha, admiratif.

— Ça y est ! dit-il en touchant l'une des ailes du bout des doigts. J'y suis !

***

Durant la semaine qui suivit, Arthur n'eut pas un seul instant à lui. Il dut se familiariser avec les lieux, les horaires, ses nouveaux camarades et les enseignants-officiers. Dès qu'il en eut le temps, il écrivit à ses parents. Il ne se plaignait plus, ni de la Jeunesse hitlérienne, ni d'Hitler. Le surveillant chargé de la censure ne trouva rien à redire. La lettre fut postée. Elle disait ceci :

30 avril 1943

Chers parents,

J'ignore si vous recevez mes lettres, car je ne reçois jamais de courrier. J'ai mangé très vite ce midi, afin de vous écrire une fois encore. J'ai une formidable nouvelle à vous annoncer : je viens d'être transféré dans une école de pilotage près de Leipzig. Le lieutenant de mon ancien foyer m'a accordé cette faveur parce que j'ai remporté trois victoires lors d'une compétition régionale. J'ai aussi gagné un bel insigne en récompense : une soucoupe d'argent !

À mon arrivée ici, j'ai reçu les épaulettes bleues des forces aériennes. Je suis heureux. Vous le savez, j'ai toujours rêvé de piloter. Grâce à la Jeunesse hitlérienne, mon rêve va peut-être se réaliser. J'écris « peut-être », car il faut encore que je réussisse à apprendre... Certains, paraît-il, n'y parviennent jamais.

L'endroit est particulier. Il s'agit d'un couvent réquisitionné. Il y a même une tour qui fait penser à un château. La *nourriture est meilleure qu'à mon ancien foyer, mais mon lit grince beaucoup. Ce n'est pas grave : nous faisons tellement de sport que je ne suis jamais long à m'endormir. Nous sommes plus de deux cents. Je me suis déjà fait quelques camarades. Il y a des photos d'avions dans toutes les classes. Le grand jeu est de donner le nom et le modèle au premier coup d'œil.*

J'espère que vous recevrez cette lettre et que vous me répondrez.

Vous me manquez beaucoup.

Je vous embrasse tous les deux.

Avez-vous des nouvelles de Dora ? Si vous la voyez, dites-lui qu'elle me manque.

Votre fils, Arthur.

P.S. : Je suis très impatient d'apprendre à piloter ! Lorsque vous apercevrez un avion, levez les yeux, je serai peut-être dedans...

Cinq jours plus tard, lorsque Mme Gruber reçut cette lettre, ses mains se mirent à trembler.

— Hans ! Hans ! cria-t-elle à son mari qui curait les étables, le petit a écrit !

M. Gruber lâcha sa fourche et courut rejoindre son épouse.

— Qu'est-ce qui t'arrive ? interrogea le fermier. Tu n'oses pas ouvrir ?

— Je... J'ai peur tout à coup.

— De quoi ?

— Des mauvaises nouvelles...

— Donne, fit M. Gruber.

Il sortit son canif de sa poche, fendit le dos de l'enveloppe d'un coup de lame et se mit à lire. Mme Gruber vit le visage de son mari, peu à peu, se décomposer.

Lorsque, sa lecture achevée, M. Gruber tendit la lettre à son épouse, ses lèvres étaient devenues grises.

Mme Gruber s'empressa de lire.

Au fil des mots, elle imagina son fils médaillé d'une croix gammée, scandant des slogans nazis, le bras droit levé. Elle le vit en tenue de pilote, envoyé au combat le jour même de ses dix-huit ans, et dut s'asseoir pour ne pas céder au vertige. Des années plus tôt, la guerre avait failli lui voler son mari. Cette folie menaçait à présent son enfant. Surtout qu'il était fini, le temps de l'Allemagne triomphante. Les journaux et la radio, redescendue du grenier, en parlaient à peine, mais les soldats en permission racontaient : sur le front Est, les fiers Aryens, transis de faim et de froid, goûtaient à leur tour le vin aigre de la défaite. Le Führer avait jugé de telles faiblesses indignes de ses soldats. Il les avait sommés de *recouvrer leur courage et de reprendre l'avancée*. Le nombre de soldats allemands morts ou blessés sur le front russe s'élevait à plus de deux millions.

Malgré ce carnage, Stalingrad était retombé aux mains des Soviétiques.

Mme Gruber plongea son regard dans celui de son mari :

— Tu ne vas pas les laisser faire, n'est-ce pas ?

M. Gruber eut un soupir d'impuissance.

— Ces salopards ne lui ont jamais remis nos lettres. Ils se sont servis de sa passion des avions pour l'attirer de leur côté. Que veux-tu faire ? Il est à des centaines de kilomètres, et nous n'avons pas le droit d'aller le voir !

— Nous aurions dû l'avertir, s'écria Mme Gruber. Au lieu de lui cacher la vérité, nous aurions dû lui expliquer.

— Nous avons fait ce que nous croyions bon pour le protéger. Personne ne pouvait imaginer qu'Hitler resterait dix ans au pouvoir et partirait en guerre contre le monde entier. Qui aurait pu se douter que des policiers nous enlèveraient Arthur comme ils l'ont fait ?

Mme Gruber quitta subitement sa chaise.

— Notre fils a toujours rêvé de piloter, dit-elle en marchant jusqu'à un vieux buffet, mais il aime aussi la terre. Je vais lui écrire de se souvenir de l'odeur des labours et de revenir nous voir dès qu'il le pourra. Une fois qu'il sera ici, nous pourrons lui parler librement et lui expliquer le danger qu'il court.

D'un large tiroir grinçant, elle sortit une plume, un pot d'encre et deux feuilles de papier. Sur la première, elle s'appliqua à peser chaque phrase, chaque mot. Elle devait réussir à toucher le cœur de son fils tout en échappant à la censure. Son brouillon achevé, elle coucha le texte au propre sur la seconde feuille, lentement, caressant le papier avec sa plume, remplissant son écriture ronde de tout l'amour qu'elle portait à Arthur.

5 mai 1943

Mon très cher fils Arthur,

J'espère que cette lettre ne se perdra pas comme toutes celles que nous t'avons envoyées.

Ton père et moi sommes très heureux de recevoir enfin de tes nouvelles. Nous avons relu ton courrier à de nombreuses reprises. Ainsi, tu vas apprendre à piloter... Si tu es heureux, nous le sommes aussi, même si nous sommes un peu effrayés. C'est normal, nous sommes tes parents et le métier de pilote est difficile et parfois risqué. N'as-tu donc pas peur de tomber lorsque tu seras dans le ciel ? Moi, jamais je n'oserais monter dans une de ces machines volantes...

Le mois dernier, la zone industrielle de Stuttgart a été bombardée. Les dégâts sont terribles. Des bombes sont également tombées sur le terrain d'aviation. Par chance, notre ferme a été épargnée. Depuis, en ville, on construit partout des abris pour se protéger. Les soldats ont aussi installé des canons pointés vers le ciel. Ton père dit que c'est pour abattre les bombardiers américains et anglais qui volent à haute altitude.

Nous avons eu des nouvelles de Dora. Elle aussi a dû fuir les risques de bombardement. Elle a rejoint un foyer de jeunes filles allemandes de la Jeunesse hitlérienne, à une cinquantaine de kilomètres de Nuremberg. Elle a écrit plusieurs fois à ses parents et dit qu'elle va plutôt bien. L'été dernier, elle a dû apprendre à nager, à plonger du haut d'une falaise, à faire des sauts périlleux avant et arrière, et à courir le cent mètres en moins de quatorze secondes. Vraiment, votre vie à la JH ne doit pas être facile tous les jours...

Mon fils, prends garde à toi. Tu te rappelles cette histoire que tu avais apprise à l'école ? Les habitants d'un village au bord de l'océan allumaient des feux, les nuits de tempête, pour tromper les bateaux et les attirer vers des récifs. On les appelait, je crois, les « naufrageurs ». Ils laissaient se noyer l'équipage, puis récupéraient les marchandises. Quand tu seras dans le ciel, ne confonds pas les vraies et les fausses lueurs et, surtout, prends garde aux tempêtes.

L'administration nous a attribué un prisonnier de guerre pour nous aider au travail de la ferme. C'est un Français. Il est courageux, mais pas très adroit de ses mains. Ton père pense qu'il a peur des chevaux. C'est gênant pour labourer. Sais-tu quand tu pourras venir nous donner un coup de main ?

Mon fils, n'oublie pas l'odeur de la terre. Pense à nous car nous pensons beaucoup à toi.

Si tu manques de quelque chose, écris-nous. Si nous le pouvons, nous te l'enverrons.

Ta mère et ton père qui t'embrassent.

Le courrier parvint rapidement à l'école de pilotage, mais resta un mois sur le bureau du censeur. Après avoir lu les lettres, ce dernier les laissait traîner quelques semaines avant de les distribuer, afin de distendre les liens unissant les garçons à leur famille. Arthur reçut la sienne au mois de juin. Il y répondit de suite.

11 juin 1943

Chers parents,

Au repas d'hier midi, lorsqu'on m'a remis votre lettre, j'étais tellement ému que mes doigts tremblaient. J'ai quitté la table et je suis allé dans un coin, au calme, pour la lire sans être dérangé.

J'avais fini par croire qu'il vous était arrivé quelque chose... Je suis soulagé de savoir que vous allez bien.

Ici, nous avons déjà commencé à fabriquer différents modèles réduits de planeurs. Nous apprenons ainsi le nom et la fonction de chaque partie d'un aéroplane. Il y a beaucoup de termes techniques à mémoriser, mais je suis tellement passionné que je les retiens sans effort.

Mon premier modèle réduit a merveilleusement volé, tellement bien qu'il a fini au sommet d'un arbre. Le mois prochain, ma horde[1] construira deux vrais planeurs, en bois et en toile. Ils feront six mètres d'envergure. C'est avec eux que nous apprendrons à voler !

Papa, tout ce que tu m'as appris à l'atelier de la ferme, lorsque nous réparions les machines agricoles, me sert beaucoup. Je m'en rends compte chaque jour, car je suis l'un des plus adroits avec mes mains.

Je ne manque de rien. La nourriture est simple, mais bonne.

Dans dix jours, ce sera la nuit la plus courte de l'année et nous fêterons le « soleil invincible ». Cette fête, mise en place par Hitler, symbolise le renouveau. Cette année, ce sera vrai aussi pour moi, car j'ai vraiment l'impression de commencer une nouvelle vie.

Je ne sais pas quand je pourrai venir vous voir. On nous dit que les risques de bombardements, dans et autour des villes, sont trop grands. Il paraît aussi que c'est mal vu de demander une permission. Ça donne l'impression aux professeurs-officiers que l'on manque de motivation. Bien sûr, j'aimerais vous revoir, mais je veux aussi apprendre à voler. Alors, comme je viens d'arriver, je vais attendre un peu avant de demander un droit de sortie.

---

1. Dans la JH, groupe de dix garçons.

Transmettez mon bonjour à Dora. Si vous me donnez son adresse, je pourrai lui écrire...

Votre fils, Arthur.

À partir de cette date, Arthur eut un échange épistolaire régulier avec ses parents. M. et Mme Gruber firent tout leur possible pour préserver leur fils de l'endoctrinement de la JH. Leur marge de manœuvre était toutefois des plus réduite à cause de la censure.

17 juillet 1943

Très cher Arthur,

Nous aussi, nous sommes très heureux de recevoir de tes nouvelles. Tu sembles aller bien. Ici, les soldats ont encore installé de nouveaux canons antiaériens pour protéger la ville et les usines. Tout cela commence à nous faire peur. L'aérodrome est tellement proche que, si les bombardiers reviennent, notre ferme pourrait être touchée.

La récolte ne s'annonce pas trop mauvaise. Nous avons eu beaucoup de bonnes pluies au printemps, juste ce qu'il faut pour faire pousser les blés.

Voici l'adresse de Dora :

Foyer de la Ligue des fillettes allemandes

Les Saules

Geslau

Il paraît qu'elle t'a envoyé plusieurs lettres, mais, comme tu ne lui as pas répondu, elle a cessé de t'écrire. Un mot de ta part lui ferait sûrement plaisir.

Arthur, mon grand garçon, fais attention à toi !

Nous sommes débordés par le travail et ton père demande si tu penses te libérer pour les moissons ?

Nous serions tellement heureux de te voir !

Ta mère qui te serre très fort dans ses bras.

***

14 août 1943

Chers parents,

Vos lettres mettent vraiment beaucoup de temps à arriver.

Je ne pourrai pas vous aider aux moissons. L'été est le meilleur moment pour apprendre à voler parce que le soleil crée des ascendances, ce sont ces colonnes d'air chaud qui permettent aux planeurs de remonter.

Mon lieutenant instructeur m'a expliqué que, si je voulais essayer de voler dès cette année, je ne pouvais pas manquer ça.

Je me suis fait quelques copains, mais aucun n'aime les avions autant que moi, alors le plus souvent je reste seul. Ça m'est égal, j'ai tant de choses à découvrir.

Je suis toujours aussi impatient de voler.

Chaque jour, quand il fait beau, j'assiste à l'entraînement des élèves plus âgés. Je pourrais les observer durant des heures, tellement je trouve splendides les planeurs qui glissent sans bruit dans les airs. Certains élèves sont doués, d'autres ne font que s'écraser. À chaque fois, il faut réparer la casse. La semaine dernière, un garçon a percuté les arbres et a eu les deux jambes brisées.

Je ne m'embête jamais. Le dimanche, nous avons droit à une projection cinématographique. La semaine dernière, j'ai vu **La vie de Herbert Norkus**. Ce film raconte la vie d'un jeune garçon de mon âge qui a quitté sa famille pour intégrer la Jeunesse hitlérienne. La fin est poignante, lorsqu'il est attaqué lâchement par de jeunes communistes qui le battent à mort à cause de ses idées. Je revois sans cesse certaines images, surtout celles où il meurt en chantant l'hymne de la JH. Plus j'y pense, plus je me dis que, pour certaines choses, Hitler a vraiment raison. Par exemple, lorsqu'il dit qu'il faut vivre pour son pays. Je suis d'accord car, comme vous, j'aime la terre. Oui, vraiment, cette idée me parle. Nous devons être fiers d'être allemands, car notre peuple fait de grandes choses. Je l'ai appris dans un autre film : partout où les soldats allemands passent, ils apportent l'ordre, l'hygiène et le progrès. C'est une bonne chose. Vous ne croyez pas ?

Autre chose : en septembre, je vais quitter l'école pour trois semaines. Ma horde participe à la « Marche pour Hitler ». Nous nous rendrons à pied à Nuremberg et nous rencontrerons le Führer avec des millions d'autres jeunes, comme cela se fait chaque année. Je suis impatient de voir le Führer pour de vrai. Nous écouterons son discours. Puis un immense orchestre, avec des tambours et des trompettes, jouera de la musique militaire. C'est tellement prenant, paraît-il, que l'on attrape la chair de poule rien qu'à les entendre.

Peut-être y verrai-je Dora ?

En attendant, j'apprends le secourisme. Je pratique beaucoup de sport. Je veux être en pleine forme le jour de mon premier vol.

Je vous laisse.

Arthur

***

21 août 1943

Cher fils,

J'écris ces lignes en me souvenant de ton visage. En même temps, je me dis que tu as sans doute grandi. Cela fait aujourd'hui un an que tu es parti.

Si tu ne peux pas venir pour les moissons, tu pourras peut-être passer quand même quelques jours à la maison avant Noël. Je voudrais tellement voir à quoi ressemble mon fils. Nous pourrions en profiter pour parler, discuter de ce que tu vis...

Ton père a dû rester allongé toute cette semaine, des douleurs de son ancienne blessure s'étaient réveillées. Tu te souviens de sa blessure ? Il ne voudrait pas qu'un jour il t'arrive la même chose.

Le blé est généreux, cette année. Le grain est rond et presque sucré. Ton père m'a dit de glisser quelques grains dans l'enveloppe pour que tu puisses y goûter. Tu en mâchais toujours, lors des moissons, pour te faire des chiques. J'aimerais tellement que tu continues à aimer le travail de la terre.

T'es-tu fait des amis ? Qui sont-ils ?

Prends soin de toi.

Écris-nous aussi souvent que possible.

Ta mère qui t'embrasse.

***

27 septembre 1943

Chers parents,

J'ai écrit à Dora le mois dernier et j'ai glissé dans l'enveloppe une pâquerette séchée entre les pages d'un livre. Elle ne m'a pas encore répondu.

Je l'ai cherchée à Nuremberg, mais je ne l'ai pas aperçue. Il faut dire que nous étions très nombreux. Se souvient-elle que je l'emmenais sur le porte-bagages de ma bicyclette à hélice?

Merci pour le blé. Papa peut en être fier : il est beau, bien rond et délicieux.

Papa, maman, je voudrais vous confier quelque chose.

Je crois qu'il s'est passé des choses en moi, à Nuremberg. Je veux dire que je crois avoir compris. J'aurais voulu que vous soyez là. Nous étions des dizaines de milliers. Tous ensemble, nous avons chanté l'hymne de la JH. J'ai soudain eu l'impression que les paroles me portaient, me soulevaient. Au moment du grand défilé avec tous les drapeaux, lorsque trois cents tambours et musiciens se sont mis à jouer, mon cœur est devenu énorme. Je me suis senti fier, tout à coup, de me trouver là. Je me suis senti fort aussi.

Le lendemain, j'ai enfin vu Hitler. Il a même failli me serrer la main. Il n'est pas très grand, mais, dès que j'ai entendu sa voix, il s'est à nouveau passé quelque chose en moi. Ce n'est pas facile à expliquer... C'est comme si j'avais été emporté par ses paroles. Il se dégage de lui une telle autorité ! Il nous a expliqué qu'il voulait faire de notre pays le plus grand de tous les pays. Il a répété que nous étions l'avenir de l'Allemagne, et que notre nation deviendrait bientôt la seule nation. Il a dit aussi que nous étions les hommes les plus forts de la Terre et que nous devions lui obéir jusqu'à la mort, car il était comme notre père.

J'entends cela depuis que je suis à la JH, mais pour la première fois, pendant un moment, j'y ai cru sincèrement. C'était très fort, je me sentais comme rempli de chaleur. Depuis, j'ai envie de continuer à y croire.

Votre fils, Arthur.

***

7 octobre 1943

Cher fils,

Je ne sais pas quoi te dire...

Nous serons toujours fiers de toi, lorsque tu accompliras de belles choses.

Cela fait si longtemps que tu es parti. Pourquoi ne rentrerais-tu pas quelques jours chez nous ?

Nous avons mis tes lettres sur la cheminée. Nous pensons à toi chaque fois que nous les voyons. Je pense à toi aussi tout le reste de la journée et chaque fois que j'aperçois un avion. Je me rappelle ton rire. Tu riais si souvent. Ris-tu encore, là où tu es ? Je serais très malheureuse si je te savais triste. Ton père s'est renseigné. Il connaît quelqu'un qui pourrait t'aider à obtenir une permission.

Arthur, mon grand fils chéri, je t'en prie, viens nous voir...

J'ai fait de la confiture avec tes prunes préférées. Tu sais, les grosses mirabelles remplies de soleil que tu allais marauder. Les pots t'attendent, ton père t'attend...

Moi aussi je t'espère et t'attends...

Ta mère qui pense sans cesse à toi.

***

30 novembre 1943

Chers parents,

Je me lève tous les jours à cinq heures et demie et mes journées sont bien remplies. J'ai été nommé Hordenführer, chef de horde. Cela me vaut de porter des barrettes d'argent sur mes épaulettes. Cette nouvelle responsabilité me prend du temps. C'est pour cela que j'ai un peu tardé à vous répondre.

Nos deux planeurs sont enfin prêts. Leur construction a été plus longue que prévu. Il y avait des défauts dans les parties en bois. Dès que la météo le permettra, nous testerons leur tenue au vent.

La semaine dernière, des camions nous ont emmenés à Landsberg. Le trajet a été long, mais nous avons pu visiter la prison où Hitler a été enfermé une année entière lorsqu'il avait trente-quatre ans, après sa tentative manquée de prise du pouvoir en 1923. J'ignorais qu'il avait été emprisonné alors qu'il voulait sauver notre pays. Plus j'en apprends sur cet homme, et plus il m'impressionne. Il possède une réelle âme de chef. Je ne comprends pas pourquoi vous ne m'en aviez jamais parlé. Je ne crois pas à sa théorie raciste, car j'ai connu un garçon slave qui était hors du commun. J'estime par contre que, pour la défense du pays, il a raison : c'est un devoir.

J'attends votre courrier avec impatience.

Je sais que vous êtes fiers de moi.

Votre fils, Arthur.

2

La guerre est comme un train fou prisonnier de ses rails. Un conducteur suffit à entraîner avec lui, de gré ou de force, tous ses passagers. En cette fin d'année 1943, la grande locomotive allemande, menée par Hitler, commença à s'emballer. Des convois entiers de soldats s'en allèrent mourir sur le front russe, sans que personne ne crie : « Arrêtez ! » Le peuple allemand, il faut le dire, ignorait la réalité. Le service de la propagande contrôlait les médias. Les mauvaises nouvelles étaient systématiquement cachées ou arrangées.

À trois reprises, Arthur obtint l'autorisation de passer quelques jours chez lui. Chacun de ces voyages fut cependant annulé au dernier moment, à cause des bombardements qui visaient les lignes de chemin de fer et perturbaient le trafic ferroviaire.

Les mois passèrent. Au printemps 1944, les beaux jours revinrent. Arthur et ses camarades purent essayer leurs planeurs. Dès lors, il s'entraîna d'arrache-pied. D'abord au sol, où, conseillé par un lieutenant instructeur brillant, Arthur apprit en quelques jours comment utiliser à la fois le manche et les deux pédales du palonnier afin de maintenir son planeur en équilibre sur le fil du vent. L'appareil de bois et de toile fut ensuite hissé en haut d'une prairie pentue. Arthur eut l'honneur, en tant que chef de horde, de s'installer le premier aux commandes. Il réussit, avec une maîtrise étonnante, son premier vol plané. Il n'avait survolé l'herbe que sur une centaine de mètres, mais cela lui suffit pour comprendre qu'il ne s'était pas trompé : sa passion, sa vie, se jouerait là-haut, dans le ciel, entre les anges et les oiseaux.

Certains de ses camarades, victimes d'atterrissages violents, furent changés de foyer. Au lieu d'apprendre à piloter, ces « casseurs de bois » serviraient comme canonniers dans la défense aérienne. L'armée avait aussi grand besoin de ces futurs « troueurs de ciel », car le nombre de bombardiers ennemis qui survolaient l'Allemagne ne cessait d'augmenter. De temps à autre, Arthur en voyait passer en formation serrée au-dessus de son école, mais à si haute altitude qu'ils semblaient inoffensifs.

— Maudits Américains ! commentait le professeur d'instruction civique, qui ne mâchait jamais ses mots.

Tous des capitalistes et des Nègres ! Des dégénérés eux aussi ! Nos pilotes de chasse les abattront jusqu'au dernier !

À la fin du mois de juin, Arthur eut vent d'une nouvelle incroyable : les Anglais et les Américains avaient débarqué dans une région de France nommée Normandie.

Il courut demander confirmation à l'un de ses professeurs.

— Herr sergent, est-ce vrai, ce que l'on raconte ?

— L'information est exacte, reconnut l'enseignant sans ciller. Mais notre Führer a envoyé plusieurs colonnes de panzers[1]. À l'heure qu'il est, les assaillants ont certainement été rejetés à la mer.

Fin septembre, Arthur put profiter d'un transport de troupes pour rallier sa région natale et, après deux années d'absence, passer enfin quelques jours chez lui.

Il eut un choc en revoyant ses parents.

Lui avait grandi, gagné en assurance et en force. Il portait un uniforme impeccable de la JH, sa sowelu d'argent brillait sur sa chemise. M. et Mme Gruber, eux, avaient vieilli. En les serrant dans ses bras, Arthur les trouva fragiles et petits. Ils s'étaient voûtés. Leurs habits étaient ternes et usés.

— J'espère, dit-il, que vous êtes fiers de moi ?

---

1. Nom des chars allemands.

Ses parents furent incapables de répondre. Eux aussi avaient eu un choc en découvrant leur fils en uniforme, avec son brassard nazi.

Il fallut attendre la nuit pour qu'enfin, autour du poêle à charbon, à tâtons, la parole se délie. La mère évoqua les dangers de la guerre, sa peur, le risque d'être tué ou blessé.

— Je te jure que je fais attention, répondit Arthur. Mais, tu sais, maman, la JH m'a appris que mon sang appartient au pays.

Il fit silence un long moment, puis reprit :

— Pourquoi ne m'avez-vous jamais parlé d'Hitler et du national-socialisme ?

— Nous voulions te protéger de la guerre, murmura Mme Gruber.

— Me protéger de la guerre ? s'étonna Arthur. Mais la guerre est un devoir s'il s'agit de défendre la patrie !

Alors, pour la première fois de sa vie, M. Gruber raconta sans pudeur ses souvenirs des tranchées de la guerre de 14-18 : le froid, les rats repus de cadavres, les blessures, les yeux morts, les corps déchiquetés, l'absurdité des vies fauchées avant d'avoir porté leurs fruits. Arthur écouta avec attention et posa de nombreuses questions. Ses lèvres frémirent lors des passages les plus éprouvants.

M. Gruber crut avoir ramené son fils à la réalité. L'instant d'après, cependant, Arthur concluait :

— Hitler aussi a connu la guerre de 14-18. Il était alors caporal. Je suis certain qu'il sait ce qu'il fait et qu'il le fait pour le pays.

Les parents échangèrent un regard désolé. Ils venaient de comprendre qu'ils ne parviendraient pas, en quelques jours seulement, à affranchir leur fils de l'influence de deux années passées dans la JH.

— Nous avons commis une erreur, souffla Mme Gruber. Nous aurions dû t'expliquer. Peut-être aurais-tu alors été plus critique face à ces idées...

À nouveau, il y eut un silence, puis elle ajouta, avec un sourire à la fois tendre et triste :

— Notre porte te sera toujours ouverte, Arthur. Mais tu dois nous promettre deux choses : que tu continueras de nous écrire, et que tu te souviendras toujours que le bonheur ne se goûte que si l'on reste en vie !

Le lendemain, Arthur quitta son uniforme. Il revêtit des habits de son père — ceux qui lui restaient d'autrefois étaient devenus trop petits — et consacra son temps à labourer les champs. Cette fois, dans cet amour partagé de la terre, le fils et le père se retrouvèrent. Et, pendant trois jours, ce fut comme si Hitler, le nazisme et la guerre n'avaient jamais existé. Le temps manqua, hélas, pour que se rouvrent toutes les portes. Le séjour d'Arthur chez ses parents s'achevait déjà. Le jeune apprenti pilote dut renfiler son uniforme et reprendre le train en direction de son école.

Quatrième partie

« Vivre loyalement, combattre avec bravoure et mourir avec le sourire ! »[1]

Janvier 1945

Échec de la contre-offensive allemande dans les Ardennes belges ; les troupes soviétiques franchissent l'Oder ; les Alliés, débarqués en Normandie, atteignent le Rhin.

---

1. Slogan nazi.

1

L'automne était passé. Arthur n'avait plus reçu aucune
lettre de ses parents. En ce début d'année 1945, l'empire
allemand avait, il est vrai, d'autres priorités que le courrier.
À l'ouest, la France, la Hollande, la Belgique avaient été
libérées. À l'est, les Soviétiques avançaient vers Vienne et
Berlin, tel un raz de marée. Au lieu de capituler, Hitler
cacha la réalité et ordonna à tous les Allemands valides de
prendre les armes pour défendre leur patrie. Les déser-
teurs, quel que soit leur âge, devaient être immédiatement exécutés.

Pendant ce temps, Arthur occupait ses rares moments
libres à potasser son manuel de mécanique moteur et à
étudier les silhouettes des avions ennemis. Au cours
d'instruction civique, il approfondit la mythologie
germanique et apprit par cœur une version révisée de
l'histoire allemande, dans laquelle Hitler tenait un rôle
héroïque durant la guerre de 14-18.

Début février, une lettre d'Arthur Axmann, responsable national de la JH, circula dans les classes :

Notre pays est lâchement attaqué. Ayez un amour sans limite pour votre peuple ! Ayez une haine sans bornes pour l'ennemi. Votre devoir est de vous lever lorsque les autres tombent ! Votre honneur est de témoigner une inébranlable fidélité à Adolf Hitler.

Ce texte remplit Arthur d'un trouble intense. Son pays était menacé. Allait-il rester les bras ballants ?

Un mois plus tard, les gelées couvraient encore chaque nuit la campagne de givre, lorsque l'état-major réclama davantage de pilotes. Il fallait, de toute urgence, contrer les bombardiers, toujours plus nombreux, qui ravageaient les villes allemandes. Malgré des conditions météorologiques défavorables, les exercices de vol reprirent.

Le 15 mars 1945, jour de son seizième anniversaire, Arthur reçut une nouvelle qui lui apparut comme un cadeau merveilleux : son lieutenant instructeur l'autorisait à passer le vol qualificatif. Au lieu de s'élancer du haut d'une pente, Arthur et son planeur allaient être remorqués par un appareil à moteur à trois cents mètres d'altitude. Seul à bord, le jeune pilote montrerait de quoi il était capable. S'il effectuait les manœuvres souhaitées et réussissait son atterrissage, il obtiendrait son premier brevet.

« Enfin ! se dit-il en levant des yeux gourmands vers le ciel, je vais monter là-haut. »

Deux jours plus tard, Arthur brûlait d'impatience à côté d'un planeur équipé d'un mince cockpit. Le lieutenant instructeur s'approcha de son élève pour une ultime recommandation :

— Doucement sur le manche, Gruber. Ne jamais forcer.

Arthur, à la fois trop ému et trop heureux pour parler, acquiesça d'un hochement de tête. Son impatience l'avait empêché de dormir une bonne partie de la nuit et son cœur cognait comme une cloche un jour de fête.

Loin devant, le mécanicien de l'avion remorqueur fit un signe. Tout était prêt. Arthur, fébrile, se glissa dans son appareil. Il se sangla, empoigna le manche à deux mains, et, la gorge sèche, répéta dans sa tête : « Ne jamais forcer. »

Il serra les dents et ajouta, lucide : « Une seule fausse manœuvre, et je finis écrasé. »

Le ciel ne pardonnait pas aux maladroits. Le moindre geste de travers pouvait conduire au crash. Et si, par miracle, Arthur en réchappait, c'était à son brevet de pilote qu'il pourrait dire adieu.

L'avion remorqueur mit les gaz. Le filin de traction se tendit avec un bruit sourd. Le planeur commença à glisser sur l'herbe. Trois, cinq, dix secondes de cahots...

Arthur, dont le cœur battait de plus en plus vite, compta dans sa tête « une, deux, trois... », et, lentement, tira sur le manche. Les secousses cessèrent, comme par magie.

Arthur vit le sol s'éloigner au-dessous de lui. Jamais encore il n'avait pris aussi vite de l'altitude.

— Je m'envole ! s'exclama-t-il. Je m'envole !

L'appareil remorqueur l'emmena jusqu'en haut du ciel. Un bruit sourd secoua violemment la carlingue.

Tonc !

« Hé ? s'inquiéta Arthur, que se passe-t-il ? »

Il étira le cou jusqu'à apercevoir le nez de son planeur et comprit que le câble de traction venait simplement de se décrocher : Arthur, dans son aéroplane de bois et de toile, planait librement trois cents mètres au-dessus du monde des hommes.

Le jeune pilote, concentré à l'extrême, écouta le vent caresser la carlingue et siffler autour des haubans d'acier qui maintenaient les ailes. Il regarda à gauche, puis à droite, et frémit, émerveillé. Sous lui, à perte de vue, couraient des champs, des troupeaux d'arbres, des prairies. On apercevait des villages à plus de trente kilomètres et, au-delà, à perte de vue, le dôme rebondi et vert d'une épaisse forêt collée comme une peau à la terre. L'horizon, à cette altitude, semblait plus rond et plus lointain.

Arthur déglutit et se risqua à pousser le manche de côté. Son avion s'inclina.

— Yaouh !

Il se sentait plonger, vibrer, bouger avec l'appareil. Déjà, il apprivoisait sa machine et faisait corps avec elle. Le cœur électrisé par l'excitation et la peur maîtrisée, il effectua les manœuvres exigées pour l'obtention du brevet : une boucle, un *s*, un huit et un « plonger-remonter ».

Le soleil de mars était encore trop faible pour créer les ascendances qui permettent aux planeurs de reprendre de la hauteur.

« Dommage, regretta Arthur. Je dois déjà penser à atterrir. »

Pour obtenir un maximum de points, il devait se poser au centre d'une cible de vingt mètres de diamètre, dessinée à la chaux dans une prairie. Il orienta son appareil contre le vent et approcha le sol en douceur ; « comme pour caresser une jolie fille », avait expliqué le lieutenant.

Arthur immobilisa son planeur à trois mètres du centre de la cible. Il se libéra de son harnais en souriant d'une oreille à l'autre. Son lieutenant instructeur venait déjà à sa rencontre : ce qu'il venait de voir ne trompait pas. L'instinct des meilleurs pilotes sommeillait chez cette jeune recrue.

— Gruber ! lança-t-il, donnez-moi le temps de vous former, et je ferai de vous un as du pilotage !

Arthur, qui touchait à nouveau terre, mais dont les yeux étaient encore remplis du souvenir de son envolée, inspira profondément. Combien de temps avait duré son vol ? Quinze minutes ? En tout cas, cela avait suffi à le remplir d'une sensation étrange : celle que le monde entier avait changé, et que lui-même s'était transformé. Même son lieutenant et les camarades de horde qui l'entouraient ne le regardaient plus de la même manière.

— Comment t'as fait ça ? demanda un des camarades. Les autres ont fini à plus de cent mètres de la cible !

Arthur haussa les épaules. « Comment ? » Il n'en savait rien. Il était juste certain d'une chose : depuis toujours, il rêvait de piloter ainsi.

2

Le lendemain de son exploit, Arthur avait toujours le sang qui pétillait. Après la gymnastique matinale, il engloutit son petit déjeuner sans même se rendre compte de ce qu'il avalait.

Ces derniers mois, pourtant, et surtout ces dernières semaines, le beurre et la confiture avaient disparu des tables. Faute de blé, devenu rare, le pain était désormais préparé avec de la farine d'orge. Sa mie, lourde et aigre, donnait la colique. Nombreux étaient ceux qui devaient courir aux latrines, pliés en deux, en priant pour que toutes les places ne soient pas déjà prises. Le dimanche précédent, un pot de miel avait circulé entre les tables. Sous l'œil sévère d'un surveillant, chacun avait eu droit à une seule cuillerée. À midi, on ne trouvait ni œufs ni viande dans les assiettes. Arthur se calait l'estomac avec des pommes de terre et ne laissait jamais la moindre miette.

Ce matin-là, pourtant, il ne prêta aucune attention à l'indigence du petit déjeuner. La veille, il avait reçu son brevet de compétence en vol à voile avec les félicitations de son instructeur. Dès aujourd'hui, il intégrait la classe des cadets de la Luftwaffe. Il porterait désormais sur sa manche droite l'écusson des pilotes de planeur : un rond bleu traversé par un oiseau blanc. Arthur se sentait si comblé qu'il bombait le torse, sans même s'en rendre compte.

« Vraiment, pensa-t-il en quittant la table, la vie est formidable. »

Il en était convaincu : son avenir serait extraordinaire ! Cet après-midi, un second vol le mènerait à cinq cents mètres d'altitude. Cette nouvelle expérience lui permettrait de voler plus haut, plus longtemps.

Mais, pour l'heure, il devait se rendre en classe pour assister à un énième cours d'instruction civique.

Arthur prit place au premier rang et lut sans surprise la phrase tracée en lettres gothiques sur le tableau noir. *Tu n'es rien, ton peuple est tout.* Après trois années dans la JH, il connaissait bien cet extrait de *Mein Kampf*[1], la « bible » des nazis écrite par Hitler alors qu'il était en prison, suite à son coup d'État manqué.

---

1. Mon combat.

Un professeur aux épaulettes de sous-lieutenant fit son entrée dans la classe. La quarantaine d'élèves pilotes présents se leva pour saluer :

— Vive Hitler !

Au lieu de donner l'ordre de s'asseoir, l'enseignant cria :

— Garde à vous !

Arthur et ses camarades se figèrent, les bras collés au corps. Un second officier entra d'un pas sec. L'individu, avec son uniforme noir, ses culottes et bottines de cheval et son imposante carrure, fit d'emblée forte impression.

— Repos ! ordonna l'homme en tournant vers la classe son visage aux traits d'acier.

— Je vous présente le lieutenant Schültze, déclara l'enseignant. Il vient spécialement de Berlin pour vous lire un appel de notre maréchal Goering.

« Goering ? » pensa Arthur, impressionné. Le maréchal n'était pas seulement l'un des haut gradés les plus proches du Führer, il était aussi le chef de l'aviation du Reich. Les brevets de pilote et les ordres de mission étaient signés de sa main. Personne ne montait dans un avion sans son autorisation.

Le lieutenant pivota sur ses talons et, d'un geste rapide, sortit un document de sa poche.

— « Futurs pilotes, lut-il, plus que jamais notre mère patrie a besoin de votre intelligence et de votre sens du devoir. »

La voix de l'émissaire gagna en puissance :

— « Moi, votre maréchal, je fais solennellement appel à votre courage. Que ceux qui se sentent prêts à risquer leur vie pour que vive notre patrie se fassent connaître. Il leur sera confié une mission secrète de la plus haute importance. »

Arthur sentit son corps s'enflammer. Son pays avait besoin de lui ? Depuis le temps qu'on lui répétait qu'il devait défendre sa patrie... Il se jeta en avant pour lancer :

— À vos ordres, Herr capitaine !

Le reste de la classe demeura figé. Au bout de quelques secondes, seulement, un autre élève s'avança, suivi d'un second, puis d'un troisième.

— Très bien ! conclut le lieutenant en repliant la lettre. Les volontaires seront transférés cet après-midi au centre de formation aérienne de Stendal.

Et il sortit de la classe, après avoir salué en claquant des talons.

Au repas de midi, il ne fut question que d'une chose, l'appel du maréchal, car le lieutenant Schultze avait fait le tour des classes. Arthur se sentit observé. Des murmures admiratifs circulaient de table en table à son propos, surtout chez les plus jeunes recrues :

— C'est celui-là ?

— Oui, le chef de horde avec sa médaille de compétence sportive. T'imagines ? Il a répondu dans la seconde !

Arthur, embarrassé, acheva son repas le nez plongé dans son assiette. Un surveillant frappa des mains :

— Les volontaires se rendent dans leurs dortoirs, préparent leurs affaires et se rassemblent dans la cour !

Arthur s'exécuta, mais, une fois son paquetage prêt, au lieu de se mêler à ses camarades, il s'assit dans un coin de la cour. Ses oreilles bourdonnaient et sa respiration était plus rapide que d'ordinaire.

« Pourquoi les membres de ma horde ne se sont-ils pas tous engagés ? s'interrogeait-il. Aurais-je dû réfléchir davantage avant de me lancer ? »

D'un rapide coup d'œil, il dénombra ses camarades : sur les deux cents élèves de l'école, dix-neuf, seulement, avaient répondu à l'appel de Goering.

« Je ne regrette rien, trancha-t-il. Sauf, peut-être, ce vol que je vais louper cet après-midi. »

Il scruta le ciel et repensa avec émotion à son vol de la veille.

« À Stendal, conclut-il, ce sera encore mieux. Je volerai sur un avion à moteur. »

Le lieutenant instructeur responsable de la classe d'Arthur sortit des bâtiments, tandis que deux camions bâchés, affectés au transport de troupes, faisaient gémir le gravier de la cour sous leurs pneus crantés.

— Volontaires, en double rangée ! Barda aux pieds !

Arthur et ses dix-huit camarades s'alignèrent. Le colonel directeur de l'école apparut à son tour et, en guise de félicitations, gratifia chaque élève d'une solide poignée de main.

Au moment d'embarquer, Arthur sentit son estomac se nouer. Reverrait-il cette école où il avait passé deux années de sa vie ? Il revint sur ses pas afin de s'adresser à son lieutenant instructeur :

— Avant de partir, je veux vous remercier de m'avoir appris à voler.

L'officier, surpris par cette gentillesse, resta muet durant quelques secondes. Jamais il n'avait été un nazi convaincu. Sa grande passion n'était ni la politique ni la guerre, mais le ciel et les avions. Il était devenu instructeur militaire par la force des choses. Il se doutait, lui, de ce que cachait la lettre de Goering, et regrettait de voir partir ses élèves. Malgré cela, il murmura simplement :

— Nom de Dieu, élève Gruber ! Soyez prudent !

3

Les véhicules de transport de troupes roulaient depuis cinq heures. Assis à l'arrière, sur les bancs en bois, Arthur et ses camarades avaient le derrière meurtri. Même les plus bavards avaient fini par se taire.

Le convoi traversa encore quelques villages, puis un terrain d'aviation apparut au loin. Un nom circula : Stendal.

Arthur et ses camarades purent enfin descendre des camions. Des volontaires provenant d'autres écoles de pilotage de la JH devaient encore les rejoindre. Ordre fut donné d'attendre le long de la piste principale. Au-dessus des têtes, des avions de chasse fendaient sans trêve les nuages gris. Arthur, émerveillé, eut l'impression d'être revenu des années en arrière, au temps de ses rêveries près de l'aérodrome de Stuttgart en compagnie de Dora.

Il se revit, emmenant son amie sur son vélo à hélice, et lançant comme un rire, alors qu'elle mimait les ailes en tendant les bras : « Attention au décollage ! »

Malgré les années écoulées, Arthur n'avait rien oublié de ces moments-là.

Une heure passa. Tous se lassèrent de regarder en l'air, tous sauf Arthur. C'était plus fort que lui. Au moindre bruit de moteur, une force intérieure le poussait à lever les yeux et à s'imaginer, là-haut, la main sur le manche.

Soudain, le vrombissement sourd d'un Messerschmitt en approche lui fit tourner la tête.

— Holà, souffla Arthur, il descend beaucoup trop vite...

Les roues heurtèrent en effet le sol avec une telle violence que l'avion rebondit, partit de travers et manqua de finir sur le dos.

— Rassemblement ! cria un capitaine à lunettes.

Les derniers volontaires venaient d'arriver. Un sous-officier dénombra les effectifs à voix haute :

— 162, 163...

Au total, cent quatre-vingt-quatre élèves pilotes avaient répondu à l'appel du maréchal. Un autre capitaine se campa face à eux. Menton haut, mains derrière le dos et casquette des forces aériennes sur la tête, il improvisa :

— Jeunesse du Troisième Empire, bienvenue au centre de formation de Stendal ! Vous vous êtes portés volon-

taires. Vous êtes l'élite, les élus, la race des vainqueurs !
Toute la nation vous fixe avec fierté et vous envie !
Depuis quelques semaines, les bombardiers ennemis
détruisent et incendient nos villes avec une sauvagerie
inégalée. Ils anéantissent vos maisons, massacrent vos
parents. Vous avez répondu « présent » pour les venger.
Vous êtes nos futurs héros du ciel. Heil Hitler !

L'officier avait décoché ces mots comme autant de
flèches. Arthur sentit à nouveau monter en lui une
ivresse brûlante. Après deux années et demie d'élixir
nazi, lui, le gamin de seize ans parti de rien, allait devenir un héros du ciel !

« Qu'on me confie un avion, pensa-t-il, n'importe
lequel, et j'abattrai à moi seul dix escadres de ces maudits bombardiers ! »

Les volontaires furent répartis en escadrilles. Arthur
se retrouva en compagnie de onze garçons et remarqua,
impressionné, que plusieurs d'entre eux portaient à leur
ceinture la dague de la JH, récompense réservée aux
éléments les plus motivés.

Sur le chemin des baraques-dortoirs, son attention fut
attirée par un blond au corps sec ne portant aucune décoration. Le garçon pliait sous son barda, et son visage,
piqué de taches de rousseur, lui donnait plus l'air d'une
feuille d'automne prête à rejoindre la terre qu'une allure
de vainqueur. Un détail, cependant, alla droit au cœur

d'Arthur : ce garçon avait encore les yeux levés vers le ciel, et il était le seul.

« Il est comme moi, pensa Arthur. C'est formidable ! »

Arrivé dans le bâtiment, il se faufila adroitement, afin d'occuper le lit voisin du sien.

— Je m'appelle Arthur Gruber, dit-il en posant ses affaires. Et toi ?

— Klaus. Klaus Werber.

Les deux jeunes gens se toisèrent un instant. Klaus, le premier, offrit sa main. Arthur fixa ces doigts trop fins tendus vers lui et, brusquement, s'empara de la paume ouverte :

— Ravi de faire la connaissance d'un futur héros du ciel !

— Mais…, répliqua Klaus, agréablement surpris, moi aussi. Longue vie à nous ! Et… vive Hitler !

4

Le réveil du lendemain fut sonné aux premières lueurs de l'aube. Après une demi-heure de gymnastique, un officier hissa le drapeau. Les volontaires, au garde-à-vous, entonnèrent avec foi l'hymne de la JH :

Cette jeunesse qui se dresse, prête à l'assaut.
Camarade, brandis le drapeau.
Nous sommes des hommes de notre temps,
et ce temps est celui des jeunes soldats.
Devant nous marchent, en cohortes serrées,
les héros sacrifiés de notre jeune nation.
Leur appel résonne en nous.
Allemagne, notre patrie, nous sommes à toi !

Au petit déjeuner, Arthur s'étonna de trouver de la confiture et du pain blanc. Le goût délicieux lui resta en bouche durant tout le cours théorique qui suivit.

— Escadrille C, commença un vieil instructeur à l'accent bavarois, ouvrez bien vos oreilles, je ne répéterai pas. Les bombardiers ennemis B 24 et B 17 sont des quadrimoteurs. Ces appareils emportent dans leurs soutes jusqu'à huit tonnes de bombes, et sont équipés, respectivement, de dix et treize puissantes mitrailleuses montées en tourelles dorsales, ventrales, latérales, sous le nez et parfois également derrière les empennages. Autant vous dire qu'ils sont bien défendus. De surcroît, ces forteresses volantes évoluent en formation serrée afin de se protéger mutuellement ; elles sont escortées de nombreux avions de chasse qui peuvent vous attaquer à tout moment. Vos seuls alliés ? La verrière frontale blindée de votre cockpit, épaisse de neuf centimètres, et votre adresse au pilotage. Cela dit, retenez ceci : l'élément le plus important, lors des combats aériens, est votre position par rapport au soleil. D'après vous, idéalement, où faut-il vous placer ?

Arthur leva aussitôt la main.

— Élève pilote Gruber, répondez.

— Toujours attaquer avec le soleil dans le dos, Herr lieutenant. L'ennemi est ébloui. Il ne nous voit pas arriver et ne parvient pas à viser.

— Excellente réponse !

— Herr lieutenant, interrogea Klaus, à quelle distance faut-il commencer à tirer sur les B 17 ?

— Nos Focke-Wulf, fit l'instructeur, sont équipés de canons de trente millimètres. Cela vous donne une force de frappe incomparable. Nos services de renseignements ont pu nous procurer les plans des B 17. Nous savons, ainsi, que leurs réservoirs principaux se situent dans le premier quart des ailes. Tirez sur ces portions du fuselage, à moins de trois cents mètres, et le bombardier ennemi est condamné.

Arthur, Klaus et les autres s'imaginèrent aussitôt dans les airs, le doigt sur la détente, fondant tels des aigles sur un escadron d'assaillants. L'ennemi, désemparé, fait feu de toutes parts, mais le soleil protège les attaquants. Les pilotes allemands, invisibles, ouvrent le feu à leur tour. Le bruit, à l'intérieur des cockpits, devient assourdissant. Les balles traçantes étirent leurs fils de lumière vers les appareils ennemis et guident les tirs, qui font mouche. Les bombardiers, criblés d'impacts, moteurs en feu, explosent en vol ou piquent du nez les uns après les autres. La victoire est totale.

Une main timide se dressa malgré tout.

— Et si nous sommes touchés ?

L'instructeur haussa les épaules :

— Ouvrez votre cockpit et sautez. Votre parachute fera le reste.

Ce scénario apparaissait moins glorieux. Arthur fronça les sourcils.

« C'est sûr, pensa-t-il. Le risque existe, mais, à condition de s'allier au soleil et de viser juste, il doit être minime. De toute façon, rien ne dit que notre mission secrète consistera à abattre des B 17. »

Arthur éprouva l'envie de questionner l'instructeur sur leur future mission, mais il craignit de passer pour un trouillard et s'abstint de lever le bras.

— Parfait, conclut l'instructeur. Assez pour aujourd'hui. Il nous reste du temps avant le déjeuner. Que diriez-vous de visiter les hangars pour admirer les meilleurs avions du Reich ?

Un murmure de ravissement parcourut la classe. Klaus se pencha vers l'oreille d'Arthur :

— De tout près ! murmura-t-il. On va voir les avions de tout près !

Les élèves, Arthur et Klaus en tête, sortirent de la classe et marchèrent en rangs parfaits jusqu'au hangar le plus proche.

— Voici notre atelier de mécanique, expliqua le lieutenant.

Le groupe avança jusqu'à un moteur BMW 801 de Focke-Wulf qui trônait sur un chevalet. Les pièces en acier, briquées à la perfection, brillaient tels des pare-chocs chromés.

L'instructeur reprit :

— Jeunes gens, cette merveille du savoir-faire allemand pèse le poids d'un jeune éléphant et développe la puissance de mille sept cents chevaux. Muni de son hélice, il peut vous emmener à plus de neuf mille mètres d'altitude et vous permettre d'atteindre la vitesse de six cent cinquante kilomètres à l'heure.

— Prodigieux ! murmura Arthur en effleurant du bout des doigts cette fabuleuse mécanique, capable de conduire un homme au bout du ciel.

Il fit un rapide calcul et chuchota à Klaus :

— Tu te rends compte ? À cette vitesse, je mettrais moins de vingt minutes pour parcourir les deux cents kilomètres qui me séparent de chez moi !

L'officier entraîna les garçons jusqu'à un autre hangar, dont il poussa seul l'immense porte coulissante. Arthur fut subjugué. Douze Focke-Wulf de chasse dernier modèle se dressaient devant lui, rutilants, splendides ! Tout aussi impressionnantes, les séries de croix blanches peintes sur les carlingues et figurant le tableau de chasse de chaque appareil.

Arthur s'approcha, les yeux grands ouverts, pour ne pas perdre une miette de ce spectacle extraordinaire. Il compta : le premier appareil avait abattu vingt et un bombardiers. Le second était sorti victorieux de plus de trente duels aériens. Il évaluait le palmarès du troisième, lorsque Klaus pointa le doigt vers une caisse de munitions posée à proximité :

— Là ! s'exclama-t-il. Les obus pour les canons de trente millimètres !

Les ogives de plomb, grosses comme des œufs, semblaient monstrueuses, en comparaison des balles de fusil qu'ils connaissaient.

— Propulsés à une vitesse proche de celle du son, précisa l'instructeur, leur force d'impact est redoutable. Aucun autre avion de combat n'est équipé d'un si gros calibre.

Arthur s'efforça d'imaginer la violence du choc sur un fuselage de B 17.

« Avec ça, pensa-t-il, les bombardiers doivent exploser en un clin d'œil ! »

— Herr lieutenant, intervint brusquement un élève, volerons-nous sur ces appareils ?

La question allait peut-être leur permettre d'en savoir un peu plus sur leur mission. Arthur et tous ses camarades se tournèrent vers l'instructeur. L'officier inspira profondément avant de répondre :

— Votre audace et votre motivation en décideront.

Lorsque l'homme sortit du hangar, le groupe lui emboîta le pas sans qu'il ait eu besoin d'en donner l'ordre. Sa réponse avait fait mouche : pour voler sur de telles merveilles, tous étaient désormais prêts à le suivre jusqu'en enfer.

— L'état-major a décidé de vous faire une surprise pour saluer votre bravoure, annonça-t-il en repoussant la porte coulissante. Vous allez déjeuner au mess des officiers de votre escadrille et rencontrer quelques-uns de nos meilleurs pilotes de chasse.

Arthur et Klaus échangèrent un regard stupéfait. Pour eux, ces pilotes étaient des héros. Sur les photos en noir et blanc qui décoraient les classes de la JH, on les voyait, magnifiques, le sourire aussi éclatant que leurs médailles, poser devant leur avion comme des chevaliers devant leur monture. Chaque élève pilote avait espéré apercevoir l'un ou l'autre de ces pilotes, ici, à Stendal. Mais de là à partager leur table... Le privilège était inespéré ! Si exceptionnel que Klaus s'exclama, incrédule :

— Nous allons les rencontrer en personne ?

L'instructeur confirma, un minuscule sourire aux lèvres :

— Et déjeuner avec eux.

Arthur et Klaus se placèrent aussitôt au plus près de leur instructeur. Ils voulaient être les premiers à franchir le seuil du mess. Le groupe de garçons revint à grands pas vers les baraquements en bois. Allaient-ils rencontrer le fameux Erich Hartmann, auteur de plus de trois cents victoires en combat aérien ? Les cœurs battaient la chamade, les mains devenaient moites. Arthur, discrètement, mouilla sa paume d'un coup de langue et passa la main sur ses cheveux. Bien qu'il fût, comme les autres, coiffé très court, il ne voulait surtout pas qu'un épi rebelle lui donne mauvaise allure.

Par la porte entrouverte d'un petit bâtiment, les deux garçons découvrirent une table dressée de vingt-quatre couverts. Le rêve continuait : eux, de simples cadets de l'école militaire, on les attendait ! En bout de table, deux pilotes fumaient tranquillement, un verre à la main.

— Ha ! fit le premier. Voici nos jeunes Tigres. On n'attendait plus que vous.

Arthur et Klaus se figèrent en un salut nazi :

— Vive Hitler !

Les deux hommes éclatèrent de rire.

— Laissez donc ça, souffla le second en venant à leur rencontre. Nous sommes entre nous. Serrons-nous plutôt la main. Je suis le capitaine Kurtis Smith, mais tout le monde m'appelle Kurt. Et toi ?

Arthur, déconcerté, et n'osant franchir le seuil de la porte, tendit un bras tremblant.

— Arthur, monsieur. Arthur Gruber.

— Et moi, Klaus Werber, monsieur.

— Laissez tomber les « monsieur », on vous dit ! intervint l'autre en approchant à son tour. Moi, c'est Peter. On a reçu l'ordre de vous bichonner. Bienvenue dans le mess de la deuxième escadrille de Stendal, la meilleure, celle des Tigres de feu ! Vous êtes ici chez vous !

C'en était trop ! Arthur et Klaus en attrapaient des papillons lumineux devant les yeux. Ils flottaient sur un nuage. D'autres pilotes arrivèrent par une porte latérale.

Le plus grand d'entre eux, au regard vif et aux cheveux blonds comme la paille de blé, lança aussitôt :

— Ho, jeunes gens ! Vous cherchiez le mess des héros ? Eh bien, vous l'avez trouvé. À vous voir je devine que vous êtes de sacrés gaillards qui n'ont peur de rien !

Arthur était déconcerté. Les pilotes étaient des officiers. Avait-il vraiment le droit de s'attabler à leur côté et de les appeler par leurs prénoms ? Ne s'agissait-il pas d'un test destiné à mettre à l'épreuve son sens de la discipline ? Où était donc passé le lieutenant instructeur chargé de les encadrer ? Arthur le chercha du regard et, ne le voyant pas, se risqua à s'asseoir face à Kurt.

L'instant d'après, une porte latérale s'ouvrit et un cuisinier fit son entrée. Le délicieux fumet qui l'accompagnait plongea Arthur trois années en arrière, à l'époque où l'Allemagne victorieuse ne manquait de rien. La suite fut digne d'un prodige : du pain blanc, du beurre, une omelette fumante et d'énormes tranches de jambon apparurent sur de grands plateaux. Arthur écarquillait les yeux. Des œufs ! Il n'en avait plus goûté depuis des semaines ! Quant au jambon, cela remontait à plusieurs mois. Cela faisait une éternité qu'il n'avait pas mangé à sa faim, et là, devant lui, se trouvait de quoi nourrir trois escadrilles !

Le festin commença. Si l'abondance des aliments mobilisait sa bouche, elle n'empêchait toutefois les lèvres d'Arthur de fourmiller de questions. Depuis quand ces pilotes volaient-ils ? Sur quels appareils ? Jusqu'où ? À quelle vitesse ? À quelle altitude ? Contre quels modèles ennemis avaient-ils livré combat ? Arthur aurait pu questionner les pilotes durant des heures, mais la JH lui avait appris à ne jamais s'adresser à un supérieur sans y être invité. Il n'osa pas enfreindre la règle. Au moment de quitter la table, il parvint seulement à lancer :

— Merci, Kurt, et au revoir !

Klaus imita son ami avant de le suivre dehors. Au bout de quelques mètres, Arthur s'affala dans l'herbe. Le regard piqué dans l'azur, il se tâta le ventre et soupira :

— Je ne peux plus avancer, je crois que j'ai trop mangé.

Klaus confirma, en s'écroulant à son tour :

— Mon estomac est prêt à éclater. Mais c'était trop bon ! Du pain frais, du beurre...

— Surtout le beurre, bien jaune, bien salé, du bon beurre de printemps !

— Tu t'y connais en beurre ? interrogea Klaus.

— Mes parents tiennent une ferme près de Stuttgart.

Très haut dans le ciel, un avion parut entre les nuages. Les deux garçons fixèrent leur attention sur l'appareil et, en silence, suivirent sa trajectoire jusqu'à le perdre de vue.

— Les tiens font quoi ? reprit Arthur.

— Mon père était instituteur, avant d'être mobilisé dans la Wehrmacht[1].

Il se racla la gorge et ajouta, la voix assourdie :

— Il a été tué en Normandie, lors du débarquement des troupes américaines. C'est pour le venger que je veux apprendre à piloter.

La confidence saisit Arthur au ventre. Le souvenir du flanc meurtri de son père surgit dans son esprit. Un autre avion passa. Cette fois-ci, au lieu d'y accrocher leur regard, les deux amis se relevèrent et, l'air grave, prirent la direction de la salle du cours.

---

1. Armée de terre allemande.

5

Les cours reprirent à quatorze heures précises. Au programme : navigation au compas, calcul des coordonnées et balistique élémentaire. Ce n'était pas tout de savoir décoller et maintenir son appareil en vol. Encore fallait-il être capable de s'orienter dans le ciel et d'atteindre les cibles.

Les mathématiques et la géométrie n'étaient pas simples pour Arthur, qui avait arrêté trop tôt l'école. Mais, en travaillant avec méthode, il parvenait à se débrouiller. Pour Klaus, par contre, sinus, cosinus et dérivation étaient avant tout synonymes de migraines.

— Attends, intervint Arthur, je vais t'expliquer comment je procède.

Avec délicatesse, il ajouta :

— Moi aussi, d'habitude, je n'y comprends rien.

À la fin de la journée, Klaus n'en tenait pas moins sa tête entre ses mains : aucun de ses calculs n'avait abouti.

— T'inquiète, fit Arthur, nous recommencerons demain. Ma parole, tu y arriveras !

— Messieurs, annonça le lieutenant instructeur en rangeant ses affaires, le cours est terminé. Je soulagerai peut-être les céphalées de certains en vous annonçant que les Tigres de feu ont décidé d'organiser une fête en votre honneur. Vous prendrez votre repas du soir au mess des officiers, comme ce midi. Retrouvez-vous sur place à dix-neuf heures.

Une fête ? Arthur avait-il bien entendu ? Il chercha confirmation dans le regard de son nouvel ami. Ce dernier venait de retrouver le sourire, il n'y avait donc aucun doute possible.

« Jusque-là, pensa Arthur, je peux décidément me féliciter d'avoir répondu à l'appel du maréchal. »

Comme il restait une heure à meubler, il suggéra à son ami :

— Dis, ça te dirait d'aller voir...

— Les avions ? anticipa Klaus.

Les deux garçons firent la course en direction de la piste principale. À bout de souffle, ils se laissèrent tomber dans l'herbe en riant. Arthur soupira d'aise. Depuis combien de temps n'avait-il pas connu de moment d'amitié comme celui-là ? Il se rappela avec bonheur le temps où il fréquentait Dora. En trois ans, il n'avait reçu aucune lettre d'elle. Pourtant, à chaque fois que le souvenir de son amie s'était éloigné de sa mémoire, elle lui avait rendu visite dans ses rêves. Dans le dernier d'entre eux, Arthur l'avait même embrassée. Il s'était réveillé le corps en émoi et le cœur profondément troublé.

Tout à sa rêverie, il saisit une tige d'herbe, la glissa entre ses dents et scruta le ciel. Il sourit en apercevant une alouette qui voletait sur place, très haut au-dessus de sa tête, en chantant.

« Mon seizième et plus merveilleux printemps », pensa-t-il.

Un ronronnement léger lui fit alors tourner la tête. Klaus, qui avait également entendu, pointa le doigt sur l'appareil, qui n'était encore qu'un point noir perdu au milieu du ciel.

— Un Focke-Wulf, annonça-t-il.

Arthur grimaça.

— Le bruit du moteur est un peu trop aigu. Pour moi, ce serait plutôt un Messerschmitt type F, Friedrich, ou G, Gustav[1]. Tu sais, ceux qui ont un gros moteur et le bout des ailes arrondi.

— Je n'y connais rien en bruit de moteur, avoua Klaus, mais la silhouette est celle d'un Focke-Wulf. Sur un Messerschmitt, on verrait les prises d'air sous les ailes.

---

1. Les modèles plus anciens étaient de type A, B, C, D et E. Un prénom leur était également attribué.

Arthur fronça les sourcils.

— Tu peux voir un détail pareil à cette distance ? C'est impossible !

— On parie ?

Arthur se redressa, piqué au vif. Il plissa les yeux, mais ne parvint pas à voir avec plus de netteté. Il n'eut d'autre choix que de laisser l'avion se rapprocher.

— Nous verrons bien quand il sortira son train d'atterrissage, murmura-t-il.

Les roues apparurent : elles étaient fixées sous les ailes et non sur le fuselage. Il ne s'agissait donc pas d'un Messerschmitt.

— Gagné ! triompha Klaus.

Arthur se renfrogna.

— Pourtant, s'entêta-t-il, moi, je dis que le bruit d'un Focke-Wulf c'est « vrooo ». Là, c'est plutôt « vraaa ».

Klaus resta un instant pantois.

— Mais enfin, s'insurgea-t-il, il va se poser devant nous. Tu vois bien que j'ai raison !

— D'accord, concéda Arthur, mais je dis qu'il a un problème de moteur. C'est pour ça que je me suis trompé.

Klaus leva les yeux au ciel.

— Ben, mon pote, si t'étais un saucisson, tu serais coriace !

— Tu doutes de moi ? fit Arthur. Allons demander au pilote.

L'avion qui venait de toucher la piste prenait déjà la direction des hangars. Les deux garçons le rejoignirent au moment où son pilote s'extrayait de l'habitacle.

Ils laissèrent l'homme descendre à terre et ôter son casque de cuir.

— Heil Hitler, fit Klaus.

— Salut, répondit le pilote en passant une main sur ses cheveux trempés de sueur.

— Excusez-moi, Herr lieutenant, commença Arthur, mais est-ce que vous avez eu un problème mécanique ?

— Non, pourquoi ?

— Mon copain, expliqua Klaus, trouve que votre moteur fait un bruit anormal.

Le pilote dévisagea Arthur.

— On peut dire que t'as de l'oreille, toi. Mon zinc est un modèle 4. Il possède un moteur spécial, capable de développer 2 240 chevaux grâce à un injecteur à éthanol. Il n'y en a eu que dix comme celui-là sur la base.

Arthur, satisfait de ne pas s'être totalement trompé, eut un petit sourire, tandis que Klaus plissa le front :

— Vous dites qu'il y en avait dix... Où sont les autres ?

Le pilote sortit d'abord un briquet et un paquet de cigarettes d'une de ses poches. Puis il répondit d'un ton neutre, comme s'il parlait de la pluie ou du beau temps :

— Abattus.

— Abattus ? tressaillit Arthur. Et... leurs équipages ?

— Portés disparus.

Le pilote alluma une cigarette et, sans plus se préoccuper des garçons, s'éloigna en marmonnant à l'adresse de ses compagnons perdus :

— Je vous l'avais pourtant assez répété, les gars : la guerre, c'est de la merde. Maintenant qu'elle s'est payé votre peau, regardez : on nous envoie des gamins pour vous remplacer. Après, ce sera quoi ? Des filles, puis des bébés pour conduire les panzers ?

Arthur et Klaus restèrent bouche bée. Jamais ils n'avaient entendu un officier parler ainsi. Et cette mauvaise blague au sujet des neuf Focke-Wulf abattus... Les avions allemands étaient les meilleurs du monde, ils ne pouvaient pas avoir été tous détruits !

Klaus se ressaisit le premier. Intrigué, il fit le tour du puissant appareil dont le moteur rayonnait de chaleur comme un poêle à charbon.

— Arthur ! s'écria-t-il. Viens voir ça !

— Quoi...

— Viens de ce côté, je te dis !

Klaus pointa l'index vers l'avant de l'appareil.

— Regarde ça, souffla-t-il.

Arthur eut l'impression de recevoir un coup de poing dans le foie : la tôle d'acier protégeant le moteur était perforée de toutes parts.

— Voilà, murmura-t-il, comment les autres ont été

perdus... Je n'en reviens pas. Un appareil si rapide et si puissamment armé, criblé comme une passoire !

— Tire pas cette tête, intervint Klaus. Tu ne t'attendais quand même pas à voler sur un avion de guerre sans risquer de te faire tirer dessus ?

Arthur haussa les épaules.

— Je ne sais pas... peut-être. Depuis le temps qu'on nous dit que...

Avant de poursuivre, il toucha l'un des trous percés dans le métal, comme pour s'assurer qu'il ne rêvait pas.

— Je croyais que les pilotes étaient à l'abri de ça, reprit-il. Je veux dire... les pilotes allemands.

— Eh bien, lâcha gravement Klaus, tu peux voir que non, et, crois-moi, j'en sais quelque chose. Mon père était dans l'armée de terre. Tu sais ce qui était écrit sur la boucle de sa ceinture ? *Gott mit uns*[1]. Ça ne l'a pas empêché de recevoir une balle en pleine tête.

— D'accord, répondit Arthur, embarrassé, mais le pilote que nous venons de voir, il est parvenu à rentrer malgré tout. Rien ne prouve que ses camarades sont morts. Tu as entendu l'instructeur, ce matin... Ils ont très bien pu sauter en parachute.

— Et quoi ? Ils seraient vivants, mais bloqués en territoire ennemi ? Hum... c'est possible.

---

1. Dieu avec nous.

Un ronronnement lointain se fit entendre à l'ouest. Les deux garçons tournèrent aussitôt la tête.

— Toute une escadrille qui rentre ! s'exclama Klaus. Dix... onze, douze ! Il n'en manque pas un ! Je te parie que c'est la nôtre, celle des Tigres de feu ! Ils reviennent juste à temps pour la fête et le dîner !

Arthur serra les paupières dans l'espoir de voir aussi bien que son compagnon. Il distingua au plus huit appareils.

— Klaus, déclara-t-il, tu as vraiment des yeux d'aigle !

— Et toi, répondit son ami, des oreilles de renard.

— Alors, conclut Arthur, puisque nous sommes complémentaires, nous demanderons à voler ensemble. Ainsi, nous nous protégerons l'un l'autre.

6

Klaus aux yeux de lynx ne s'était pas trompé. À sept heures précises, le mess des Tigres de feu célébra le retour des vainqueurs au grand complet. Une dizaine d'avions ennemis avaient, paraît-il, été abattus. Kurt, à lui seul, avait détruit trois appareils.

— Allez, déclara le capitaine, cigarettes et cognac à volonté ! Fêtons comme il se doit nos victoires et l'arrivée de nos jeunes recrues !

Un pilote se passa un accordéon à touches en bandoulière, égrena quelques accords pour s'échauffer les doigts, et, sans plus tarder, donna la cadence.

— Et un, deux, trois...

Les douze membres de l'escadrille entonnèrent à deux voix une chanson qui parlait de lilas blancs prêts à fleurir. La mélodie était belle, les paroles émouvantes. Arthur, l'âme soulevée, écouta chanter ses héros sans plus oser bouger.

Un verre d'alcool dans une main, un paquet de cigarettes dans l'autre, Kurt apostropha Arthur.

— Tu fumes ?

La JH interdisait l'alcool et le tabac, qui, en outre, à cause de la guerre, étaient devenus rares. Aux yeux d'Arthur, le monde sembla une nouvelle fois renversé : chaque pilote tenait une cigarette et une trentaine de paquets traînaient, pêle-mêle, sur la table. Il suffisait de tendre le bras pour se servir. Arthur, qui n'avait jamais fumé de sa vie, ne voulut passer pour un bleu. Il prit donc une cigarette et la porta à ses lèvres.

« Ça ne doit pas être compliqué, estima-t-il en approchant la flamme d'un briquet. Il suffit d'imiter les autres : allumer, aspirer un coup et faire ressortir la fumée par le nez. »

Klaus, qui venait de se servir, lui aussi, semblait avoir l'habitude : ses narines fumaient comme une locomotive à vapeur.

— Pas comme ça, glissa-t-il à Arthur. Avale la fumée avant d'expirer.

Arthur inspira une deuxième bouffée, avala et se mit à tousser. Kurt le gratifia d'une solide tape dans le dos.

— Ça y est ! décréta le pilote en riant. Tu es un homme. Tu n'as plus qu'à apprendre à faire des ronds de fumée, et les filles te tomberont dans les bras.

Le pilote bascula la tête en arrière, arrondit les lèvres et fit monter au plafond trois beaux anneaux de fumée grise. Arthur et Klaus tentèrent aussitôt de l'imiter. Le résultat, informe, fut peu convaincant.

— Pour les filles, plaisanta Kurt, il faudra vous entraîner encore un peu.

Arthur eut soudain d'autres soucis. Il avait transformé en cendres sa première cigarette, mais la tête lui tournait et son teint avait viré au vert. Il plongeait en pleine nausée.

— Bois un coup, lui conseilla le capitaine en lui tendant un verre minuscule. Ça va passer.

— Attention, prévint Kurt. C'est du cognac.

— Cognac de France, précisa un autre pilote. Premier choix ! Un Tigre de feu doit le boire comme ça : cul sec !

Arthur imita sans méfiance le geste viril et se retrouva la bouche et la gorge en feu, incapable de respirer. Klaus éclata de rire :

— Mais enfin, lança-t-il, tu sors d'où ? Jamais fumé, jamais bu. Les responsables de ton foyer ne plaisantaient pas, dis-moi...

Arthur ne démentit pas. Depuis qu'il avait intégré la Jeunesse hitlérienne, il n'avait pas eu souvent l'occasion de s'amuser. Il ne le regrettait pas, car il était aujourd'hui reçu au mess des officiers et piloterait bientôt un chasseur.

L'alcool, à défaut d'apaiser les nausées causées par le tabac, délia les langues et débrida les esprits. Arthur et Klaus oublièrent peu à peu la hiérarchie. Les questions fusèrent :

— Il paraît qu'on pèle de froid, là-haut, même avec la combinaison de vol. C'est vrai ?

— Combien avez-vous abattu d'avions ?

— Depuis quand volez-vous ?

— Déjà sauté en parachute ?

— Vous partez en mission tous les jours ?

— J'ai entendu dire que les P 51 américains sont redoutables, c'est vrai ?

— Et les Spitfire anglais ?

On but, on fuma, on mangea, on rit beaucoup ; on dansa, aussi — un peu, seulement, car on était entre hommes. On porta de nombreux toasts à la fin de la guerre et, lorsque, vers minuit, le cuisinier apporta un gâteau gigantesque, couvert de crème et de chocolat, l'ambiance devint celle d'un équipage de pirates après un abordage réussi.

Vers deux heures du matin, Arthur, Klaus et leurs camarades regagnèrent le dortoir, ivres d'alcool et de tabac. Ivres, aussi, de fierté et de rêves. Ils avaient chanté et trinqué d'égal à égal avec leurs idoles. Ils connaissaient *Les lilas blancs* par cœur. C'était sûr, tous étaient prêts à le jurer sur la moustache d'Hitler : un jour ils seraient, à leur tour, des héros.

— V...vivement vo...voler ! lança Arthur en s'affalant sur son lit.

— Bien dit, approuva Klaus.

Dans son ivresse, Arthur ajouta :

— Hei...Heil Hitler !

7

Le réveil fut difficile. Au menu : tête en semoule, bouche pâteuse et gueule de bois. Le cognac et le tabac laissaient des traces. Il fallut se secouer. La gymnastique, dans l'air glacé du matin, ne suffit pas à effacer les excès. Personne ou presque ne prit part au petit déjeuner. Seuls les cent quatre-vingt-quatre volontaires se présentèrent pour le lever du drapeau. Les pilotes, visiblement, étaient restés au lit.

À huit heures trente commença un cours au sujet des tableaux de bord des Focke-Wulf et des Messerschmitt, puis sur les procédures de décollage.

— Il s'agit de la phase la plus dangereuse, prévint l'instructeur avec gravité. Un geste de travers, et vous êtes morts. Le capitaine Hartmann a mis au point une méthode baptisée « prise de vitesse rapide », qui permet de limiter les risques. Nous allons l'étudier en détail grâce à cette réplique du cockpit d'un Messerschmitt que j'ai fait installer dans la classe. Mémorisez-en chaque point, surtout celui-ci : au décollage, appuyer à fond sur la pédale droite du palonnier, sans quoi le couple d'inertie de l'hélice vous fera virer, et vous quitterez la piste. Sachez aussi que nous manquons de carburant, et que vous ne bénéficierez d'aucun vol d'entraînement.

L'après-midi, suite à un nouveau repas copieux, les paupières d'Arthur s'alourdirent. Il dut lutter pour ne pas s'endormir lors du cours sur les techniques de combat.

— Un duel aérien ne se gagne pas sur la durée, mais sur la manière dont vous approchez l'ennemi, expliqua un capitaine instructeur. L'attaque idéale s'effectue sans être vu : soit par en dessous, soit de côté avec le soleil derrière vous.

Il saisit deux avions modèle réduit et poursuivit en mimant une poursuite aérienne :

— Imaginez que vous êtes dans le premier appareil, et que le second est un Mustang P 51 américain en train de vous mitrailler. Je vais vous montrer les deux meilleures manières de lui échapper. Vous choisirez, comme il vous plaira, la vitesse avec prise d'altitude ou les virages serrés.

En fin de journée, l'officier annonça qu'une nouvelle fête aurait lieu au mess, le soir même, avec en plus, sur la suggestion expresse du maréchal Goering, une surprise.

La surprise en question apparut vers dix-neuf heures, au son de l'accordéon : une surprise de taille pour de jeunes garçons qui vivaient entre eux depuis des mois, puisqu'il s'agissait de jolies jeunes filles. Toutes avaient les cheveux clairs et leurs joues viraient au rouge coquelicot dès qu'on les observait. Un camion les avait amenées d'un foyer de la Ligue des jeunes filles allemandes, l'équivalent féminin de la JH. À la place de leur uniforme réglementaire, elles portaient d'élégantes robes blanches, roses ou bleu clair.

Arthur passa les demoiselles en revue. Toutes le laissèrent indifférent, sauf la dernière !

— Ce n'est pas croyable ! souffla-t-il.

Il la regarda plus attentivement et sentit son cœur partir en looping.

— Oh ! fit Klaus, qu'est-ce qui t'arrive encore ?

— La fille, là, à gauche, balbutia Arthur.

— Laquelle ? Celle en robe blanche ?

— Non, bleue. On... — Arthur dut faire un effort pour déglutir — on dirait... mon ancienne voisine !

Incapable de la quitter des yeux, il se rappela le rêve si troublant qu'il avait fait quelques nuits auparavant.

— Elle semble te faire de l'effet, observa Klaus. Reste pas planté là. Invite-la à danser !

Arthur remua la tête, penaud :

— Danser, moi ? Mais comment ? Je n'ai jamais...

Klaus pouffa :

— Ah, bravo ! Imbattable en bruit d'avion, fortiche en mathématiques, mais pour le reste... pardon ! Allez, tu files lui dire bonjour et tu la supplies de t'attendre. Ensuite, toi et moi, on sort d'ici et je t'apprends la valse en cinq minutes chrono.

— Tu ferais ça pour moi ?

— À condition, répondit Klaus avec un clin d'œil, que tu me promettes de ne pas abattre seul tous les appareils ennemis !

— Promis.

— Alors fonce, gros nigaud avant qu'un autre te la chipe !

Arthur, pressé par son ami, rassembla son courage et s'avança.

— Bonsoir, Dora, fit-il doucement, tu me reconnais ?

La jeune fille, surprise, le dévisagea un instant de son regard limpide. Ses yeux et ses lèvres s'entrouvrirent :

— Arthur ?

C'était bien elle. Arrivée quatre mois auparavant à Stendal avec plusieurs sections de la Ligue des jeunes filles allemandes, elle participait à l'effort de guerre en confectionnant des parachutes et des tenues de vol.

— Comme tu as changé ! dit-elle.

Elle poursuivit, la voix plus crispée :

— Que fais-tu ici ?

— Je participe à une mission secrète. Je n'ai pas le droit d'en parler.

Dora eut un léger sourire qui la rendit particulièrement jolie. Arthur continua, intimidé :

— Je voudrais... comment dire... t'inviter à danser. Je te demande juste de m'attendre cinq minutes, tu es d'accord de patienter ?

Dora accepta et Arthur, le cœur bouillonnant, quitta le mess en compagnie de Klaus pour apprendre à valser. Un peu plus tard, il prit doucement Dora par la taille et, au son des accordéons, il dansa avec elle sans plus finir. Cette intimité les ramena pas à pas vers leur complicité passée. Arthur goûta alors pleinement au bonheur de retrouver « sa » Dora. Une Dora grandie, elle aussi, mais qui sentait toujours aussi bon la lavande et dont les yeux, lorsqu'elle riait, étincelaient comme autrefois de reflets argentés.

Bien plus tard, au moment de dormir, pour la première fois depuis des mois, Arthur ne rêva pas qu'il pilotait un avion pour sauver sa patrie. Il préféra continuer de valser en serrant dans ses bras la fille qui, selon lui, était la plus jolie et la plus craquante du pays.

8

Allongé dans son lit, les yeux ouverts, Arthur, qui s'était réveillé tôt, se remémora la soirée. Il soupira d'aise en songeant au visage de sa belle cavalière et sourit en s'imaginant aux commandes de son futur avion.

« Je passerai en rase-mottes au-dessus de son foyer, pensa-t-il. Elle en tombera amoureuse de moi pour la vie. »

Des voix étouffées le tirèrent de sa rêverie.

— Quand même, chuchotait le camarade du lit d'à côté, nous étions rationnés depuis des mois. Nos troupes au sol se battent comme des diables contre les Soviétiques et les Américains. Malgré nos chasseurs et la défense anti-aérienne, il paraît que des B 17 s'aventurent chaque nuit au-dessus de Berlin. Alors d'où vient toute cette nourriture ? Et ces cigarettes ? Et l'alcool ? Du cognac français, en plus ! La situation ne s'est quand même pas améliorée d'un seul coup à ce point ?

— J'ai écouté les pilotes discuter, répondit son voisin à voix basse. Ils disaient que les Américains sont sur le point de signer un accord de paix et qu'il faut écouler les stocks de l'armée.

— Et les filles ? s'insurgea le premier, elles font aussi partie des stocks ? Moi, je trouve que ça ressemble à un repas de condamnés. Ils nous gâtent avant de nous envoyer en mission suicide.

— Tu crois ?

— Ils vont nous demander de couper les queues des B 17 avec nos hélices. J'ai vu des affiches qui montraient ça dans mon ancienne école. Pas besoin de viser, pas besoin de griller une cartouche. Tu approches du bombardier par-derrière, en profitant d'un angle mort où les mitrailleuses ne peuvent tirer, et dzing ! Tu lui rognes l'empennage arrière comme avec une scie circulaire géante. C'est très risqué, mais certains pilotes l'ont déjà fait. Si c'est ça, avec le peu d'expérience qu'on a, on va tous y rester...

— Dites, les gars, intervint Arthur, je me pose aussi des questions, mais, à force de parler sans savoir, vous allez filer la frousse à tout le monde. Moi aussi, j'ai écouté les pilotes. L'un d'eux m'a dit qu'un officier supérieur allait venir ce matin pour nous expliquer la mission. D'ici là, arrêtez de paniquer !

Quelques heures plus tard, Arthur, Klaus et les cent quatre-vingt-deux autres volontaires ayant répondu à l'appel du maréchal Goering prirent place dans une salle commune. Les rideaux furent tirés et, magie du cinéma, des centaines de bombardiers ennemis, en formations serrées, apparurent sur un drap blanc accroché au mur. Une voix indignée expliqua que des pluies de bombes s'abattaient désormais chaque jour et chaque nuit sur l'Allemagne. Ces bombardements touchaient aussi bien les usines d'armement que les quartiers habités par des civils innocents. Américains et Britanniques ne respectaient rien. Les morts, les blessés, les disparus se comptaient par dizaines de milliers. Certaines villes avaient été entièrement rasées.

Un grand-père au bras déchiqueté.

Une mère pleurant sa fille ensevelie sous une maison effondrée.

Des dizaines de corps d'enfants allongés à terre, mutilés.

Les images, plus déchirantes les unes que les autres, se succédaient sans répit. Arthur en avait le cœur broyé. Il n'en était pas à son premier film de guerre, mais il n'avait eu droit, jusqu'ici, qu'à des images de victoire. Jamais, encore, il n'avait vu l'autre côté du miroir. Il faillit crier d'effroi en apercevant Stuttgart, sa ville natale, réduite aux trois quarts à un champ de ruines.

« Mes parents », pensa-t-il, tétanisé.

Comme une page que l'on déchire, le film de propagande s'arrêta dans un éclair blanc.

— Garde à vous ! cria le lieutenant instructeur.

Tous se mirent aussitôt debout. Les rideaux s'ouvrirent, laissant la lumière, éblouissante, jaillir des fenêtres. Un jeune homme, que personne n'avait vu entrer, apparut sur l'estrade. Il portait un uniforme d'officier. Arthur mit moins d'une seconde à le reconnaître : la photo de cet as de l'aviation allemande trônait dans toutes les écoles de pilotage. Ses centaines de victoires depuis le début de la guerre lui avaient valu, à seulement vingt-deux ans, les diamants sur sa croix de guerre — la plus haute décoration militaire. Il s'agissait de l'invincible capitaine Erich Hartmann.

— Repos ! ordonna-t-il d'une voix grave.

Il fit un pas en avant et se campa, le menton haut, face à la classe.

— Messieurs, commença-t-il, je pense que vous m'avez reconnu. Il est donc inutile que je me présente. Le maréchal Goering en personne m'a chargé de vous expliquer en quoi consiste votre mission.

Arthur vit le plus célèbre pilote du Reich promener son regard d'aigle sur les élèves et sentit son cœur s'emballer.

— Vous avez vu le film, reprit Hartmann. Vous savez, à présent, que l'ennemi détruit les villes de notre pays et assassine vos parents par ses bombardements aveugles et sauvages. Le temps est venu de montrer aux Américains ce qu'il en coûte de défier la race des vainqueurs. Dans quelques jours, vous décollerez d'une base secrète. Vous volerez à la rencontre des bombardiers ennemis et vous les aborderez.

Arthur et Klaus échangèrent un regard effrayé.

— Comprenez-moi bien, reprit Hartmann sans sourciller. Il n'est pas question de vous transformer en bombes volantes. Vous dirigerez vos chasseurs vers leurs cibles et, au dernier moment, vous évacuerez en sautant en parachute. Il s'agit là d'un acte héroïque qui demande un courage exemplaire. Je sais aussi, car je suis moi-même pilote, que la manœuvre est difficile. Cependant, même si nombre d'entre vous n'ont encore piloté que des planeurs, il ne s'agit nullement d'une mission suicide. Vos chances de survie sont réelles.

Le capitaine Hartmann inspira, avant de poursuivre plus lentement :

— Cela dit, si certains hésitent à risquer leur vie pour défendre le pays, qu'ils se lèvent maintenant et quittent ce local. Il ne sera pris aucune sanction à leur égard.

Un silence absolu s'abattit dans la salle.

— Pour moi, c'est tout choisi, chuchota Klaus. Je vengerai mon père.

Arthur vit défiler en lui les images de la ruine de son pays.

« L'Allemagne est ma terre et ma patrie, trancha-t-il. Seul un lâche refuserait de la secourir. »

Sur les cent quatre-vingt-quatre volontaires, pas un ne quitta la salle.

— Excellent, fit Hartmann. Vous êtes dignes de notre Führer et de la race aryenne ! Des questions ?

Klaus leva la main :

— Herr capitaine, pouvons-nous savoir quand aura lieu l'opération ?

— Vous en serez informés en temps utile. Par ailleurs, je sais qu'aucun d'entre vous n'a encore les dix-huit ans requis pour participer au combat. En temps normal, vous devriez demander une autorisation à vos parents. Vu l'urgence, cependant, un décret spécial vous permettra de vous passer de leur consentement. Enfin, dans le but de garder notre action secrète, nous vous redemandons de ne révéler à personne la nature de votre mission. Est-ce clair ?

— Oui, Herr capitaine ! répondirent d'une seule voix Arthur, Klaus et leurs camarades.

Une main se leva néanmoins :

— Pouvons-nous écrire une lettre qui serait transmise à notre famille au cas où...

— Une lettre d'adieu ? résuma le capitaine. Personne ne vous en empêche. Mais croyez-moi, si vous sautez à temps, vous vous en sortirez indemnes. J'ai moi-même été abattu à seize reprises. J'avais mon parachute. J'ai sauté et tiré sur la poignée. Regardez-moi ! Je n'ai rien d'un fantôme, à ce que je sache !

L'argument fut convaincant. Il n'y eut plus de questions. L'as des as quitta la salle après un vigoureux « Heil Hitler ! ».

Dans l'heure qui suivit, le lieutenant instructeur distribua à chacun un calot bleu. Il remit également à chaque volontaire un certificat, frappé d'un aigle noir tenant dans ses serres une croix gammée, signé par le maréchal Goering lui-même. Par ce document, tous devenaient officiellement *Fähnrichen* [1] des forces aériennes. Arthur coiffa son nouveau couvre-chef et, dans l'emballement, murmura à Klaus :

— Si seulement mes parents me voyaient !

Il se rappela brusquement que son ami était orphelin de père et regretta ses paroles.

— Pardon, reprit-il, je ne voulais pas...

— T'inquiète.

— Il te reste quand même ta mère, nuança Arthur. Elle aussi serait heureuse de voir son fils devenir officier cadet.

— Ma mère ? fit Klaus, le regard soudain terni. Avant de venir ici, je lui avais demandé de signer la dérogation pour pouvoir m'engager à seize ans. Elle avait refusé. Elle ne veut plus entendre parler de la guerre.

Il ajouta en coiffant son calot :

— Heureusement, moi, je sais ce que je dois faire...

_____

1. Officiers cadets.

9

Le jour de l'intervention du capitaine Hartmann, tous avaient été soulagés. Ce grand pilote avait été clair : la mission secrète ne consistait pas en une action suicide. Une semaine s'était cependant écoulée depuis sa venue, et, malgré les fêtes données chaque soir au mess, les angoisses et les inquiétudes avaient progressivement refait surface.

« Ne jamais écouter la peur, qui est la voix des faibles et des lâches », se répétait Arthur afin de maîtriser les craintes qui, sans prévenir, venaient virevolter dans sa tête.

Lorsque cette devise, apprise à la JH, ne suffisait pas, il pensait à Dora. Hélas, il commençait également à se tracasser à propos de son amie, car toutes les jeunes filles étaient revenues danser au mess, sauf elle.

Arthur avait compté : cela faisait désormais sept jours qu'il ne l'avait pas vue. Chaque soir, il avait espéré en vain. La veille, une fille lui avait expliqué que Dora avait souffert d'une poussée de fièvre. Elle se portait mieux et allait revenir.

Arthur attendit l'arrivée des camions avec une impatience redoublée.

— Tu es sûr, hein ? demanda-t-il pour la énième fois à Klaus, mon calot est bien en place ?

— Parfait, je te dis. Arrête de le tripoter, tu vas finir par le mettre de travers.

Lorsque les demoiselles entrèrent enfin au mess, Arthur ne cacha pas sa joie :

— Klaus, regarde ! Elle est là !

Il se pressa à la rencontre de son amie.

— Bonsoir, Dora. Il paraît que tu as été souffrante. Je me suis fait du tracas.

Dora lui sourit doucement.

— Tu es gentil, dit-elle. Je vais mieux.

Elle posa les yeux sur le calot et, contrairement à ce qu'espérait Arthur, son visage se fana.

— Qu'est-ce qu'il y a ? s'inquiéta-t-il. Tu n'es pas contente de me voir ?

La jeune fille détourna la tête.

— Dora ?

— Ce n'est pas ce que tu crois, souffla-t-elle. Je...

Déjà, les rires, les chants et le son des accordéons emplissaient le mess. Le lieu était peu propice aux confidences.

— Viens dehors, fit-elle en saisissant Arthur par la main.

Surpris, le garçon lui emboîta le pas. Juste avant qu'ils franchissent la porte, un pilote les aperçut. Il siffla entre ses doigts avant de lancer à la volée :

— Oh, les amoureux ! Attention, hein, pas de bêtises !

Dora haussa les épaules et, sans se soucier des éclats de rire, elle entraîna son ami dans la nuit.

Le cœur d'Arthur battait de plus en plus fort. L'obscurité était telle qu'il ne voyait plus Dora, mais il restait son parfum qui sentait bon l'amour, et la fine chaleur de ses doigts glissés entre les siens.

« Elle va m'annoncer qu'elle m'aime, s'enflamma-t-il. Nous allons nous embrasser. »

Mais Dora, s'arrêtant tout à coup, abandonna sa main.

— Écoute, murmura-t-elle.

Arthur suspendit son souffle.

— Je sais que tu as toujours rêvé de piloter, mais tu dois refuser de participer à cette mission.

Elle poursuivit, d'un ton saccadé :

— On nous a interdit de vous parler, mais, si je ne le fais pas maintenant, il sera trop tard. L'autre jour, je suis entrée dans vos cuisines pour voler un morceau de jambon et...

— Voler du jambon ? coupa Arthur.

— J'avais faim. Il n'y a plus de nourriture dans notre foyer. Un officier paye la directrice pour que nous venions danser, mais l'argent ne sert à rien : les magasins sont vides. Vous à côté, vous avez tellement... Je venais donc d'entrer dans la cuisine, lorsque deux mécaniciens sont entrés. Je me suis aussitôt cachée et je les ai entendus parler. Ils disaient que vous aviez moins d'une chance sur cent d'en sortir vivants...

Arthur se massa les tempes et inspira profondément.

— Je ne comprends pas, bredouilla-t-il. Pourquoi me racontes-tu ça ?

— Parce que je viens danser ici depuis trois mois, et que les pilotes que je vois défiler sont de plus en plus jeunes. Tous sont très fiers de leur calot, tous sont très fiers de décoller, mais très peu reviennent de leur première mission. Certains sont si peu entraînés qu'ils se tuent au décollage. Moi aussi, à la Ligue des jeunes filles allemandes, j'ai cru à la grandeur de notre pays. Moi aussi, j'ai prêté serment à Hitler. Aujourd'hui, je me demande si on ne nous cache pas certaines vérités et je ne veux pas que tu meures pour rien.

— Mais je ne vais pas mourir ! s'indigna Arthur. Le capitaine Hartmann en personne est venu nous expliquer notre mission. C'est le plus grand pilote d'Allemagne. Il a dit que nous avions de réelles chances de survie ! Il ne peut pas se tromper !

— Je ne te parle pas de se tromper, Arthur, mais de mentir.

— Mentir ? Mais pourquoi ?

— Je ne sais pas. Peut-être parce que la guerre est perdue et que personne n'ose l'avouer ?

— Ça n'a aucun sens. Si la guerre était perdue, on ne nous enverrait pas en mission, et encore moins en mission suicide !

Dora, à court d'arguments resta silencieuse pendant plusieurs secondes. Elle pressentait pourtant, au fond d'elle-même, que son ami courait un danger.

— Pourquoi les deux mécaniciens ont-ils dit ça, alors ? reprit-elle soudain. Je n'ai quand même pas rêvé et...

La jeune fille s'interrompit. Malgré l'obscurité, Arthur avait retrouvé sa main.

— Dora, murmura Arthur, ces mécaniciens n'y connaissent rien. Ils ont parlé à tort et à travers. Fais-moi confiance. Tu veux bien ?

Comme elle ne répondait rien, il se pencha pour murmurer à son oreille :

— Tu sais de quoi j'ai envie ?

— Non, fit-elle.

— Danser toute la nuit avec toi, la plus jolie fille d'Allemagne.

Dora eut un soupir.

— Et pour ta mission ?

— Hartmann est un héros. J'ai confiance.

— Tu en es sûr ?

— Sûr et certain.

Et à ces mots Dora se laissa emporter vers le mess, rempli de musique, de valses et d'insouciantes lumières.

Cinquième partie

« Quand fleuriront
les lilas blancs »[1]

Avril 1945

*Les soviétiques ont atteint Berlin ; les Alliés s'emparent de
Munster, Gottingen, Stuttgart, Nuremberg...*

---

1. Phrase extraite de la chanson.

1

La nouvelle tant attendue et redoutée venait de tomber : la mission aurait lieu le lendemain matin, au lever du jour. Les camions qui assureraient le transfert jusqu'au point d'envol attendaient dehors, prêts au départ.

Les dernières vingt-quatre heures, Arthur, qui en était au dixième jour de sa formation à Stendal, n'avait cessé de réfléchir. Malgré le cognac, les cigarettes, les valses et les prières à Hitler, il se rendait compte que sauter d'un avion lancé à cinq cents kilomètres à l'heure et volant à quelque six mille mètres d'altitude n'aurait rien d'évident. La peur, peu à peu, avait gagné du terrain sur son enthousiasme. Ni lui ni les autres n'avaient cependant déclaré forfait.

— On se presse ! ordonna le lieutenant. Vous avez trois minutes pour passer aux dortoirs. N'emportez que votre tenue de vol. Le reste vous sera fourni sur place !

Terminé, le temps du cognac et des filles. Les ordres claquaient à nouveau comme autrefois.

Salopette matelassée, casque en cuir souple, lunettes et bottines fourrées... Arthur empaqueta en hâte sa combinaison de vol. Au moment de nouer le cordon de son sac, il tendit les mains et vit qu'elles tremblaient.

— Voler, murmura-t-il, c'est pourtant ce que j'ai toujours voulu...

Il tourna la tête et contempla, pensif, l'écusson de pilote de planeur cousu sur sa manche.

— Ça va ? lui demanda Klaus.

— Oh ! ironisa Arthur, je vais juste grimper pour la première fois de ma vie dans un avion à moteur, et approcher des bombardiers armés jusqu'aux dents. À part ça, tout baigne...

— Pense plutôt à quelque chose d'agréable, conseilla Klaus. Sinon, tu ne tiendras pas.

Arthur imagina qu'il posait ses mains sur la taille de Dora et valsait une dernière fois dans le ciel de ses yeux avant son départ.

— Mince, regretta-t-il, je ne peux même pas la prévenir !

— Tu parles de Dora ? devina Klaus. C'est vrai que, ces derniers soirs, vous n'avez pas raté une danse, tous les deux.

Un léger sourire au coin des lèvres, il ajouta pour taquiner son ami :

— Et malgré ça, empoté comme tu es, je parie que tu ne l'as même pas embrassée...

Dix minutes plus tôt, Arthur aurait été embarrassé. À présent, la terrible épreuve approchant, son sang faisait vibrer ses tempes et la vérité ne pesait plus très lourd en comparaison de ce qui l'attendait. Une confidence pouvait même devenir un moyen de contenir la peur.

— C'est vrai, avoua-t-il. Je n'ai pas osé.

— Tu n'avais qu'à forcer un peu sur le cognac.

— Dora préfère quand je ne bois pas.

— Elle te l'a dit ?

— Oui, elle dit que je danse mieux quand je n'ai pas bu.

— Ça, reprit Klaus en riant, en langage de fille, cela signifie que tu lui marches trop souvent sur les pieds.

Arthur assena une bourrade sur l'épaule de son ami, mais au fond de lui, il trouvait délicieux d'entendre rire dans un moment pareil.

Les deux amis réalisèrent, tout à coup, qu'il n'y avait plus qu'eux dans le dortoir. Ils sortirent au pas de course et se hâtèrent jusqu'aux camions. Arthur éprouva une étrange sensation en se hissant à l'arrière. Ses gestes étaient imprécis et gourds, comme si le combat qu'il livrait en lui contre la peur alourdissait son corps. Klaus, resté à terre, le retint par le coude.

— Camarade Arthur, je crois que quelqu'un veut te voir.

Klaus pointa le menton en direction d'une jeune fille blonde qui attendait sur sa bicyclette, à une trentaine de mètres.

— Dora ! ? s'écria Arthur.

Il bondit hors du camion et courut à sa rencontre. Il se figea à un mètre d'elle.

— Tu es venue, dit-il. C'est merveilleux.

— J'ai vu les camions passer devant mon foyer. J'ai tout de suite compris...

Sa voix se mit à trembler :

— Je voulais te donner ça.

Elle tendit à Arthur un bouquet, composé de deux pâquerettes et de trois trèfles à quatre feuilles.

— Pour te porter chance, murmura-t-elle.

Arthur, ému, s'empara du minuscule bouquet.

— Il y a trois ans, souffla-t-il en contemplant les fleurs, un ami m'a appris que le nom savant de la pâquerette signifie « belle toute l'année ». J'ai aussitôt pensé à toi, et je viens de comprendre pourquoi : ces fleurs te ressemblent.

— Arthur ! Oh, Arthur, lança Dora, la gorge soudain palpitante, je t'en prie, ne pars pas ! La directrice de mon foyer dit que la guerre va bientôt finir. Il paraît que les Soviétiques sont devant Berlin. Je te dirai où te cacher. Je...

Arthur plongea son regard dans celui de son amie. Il la trouva si désirable qu'il étouffa le reste de sa phrase par un baiser.

Il fallut, de longues secondes plus tard, les coups de klaxon d'un chauffeur impatient pour que les lèvres des deux amoureux se séparent.

— Je dois y aller, murmura Arthur.

Dora s'agrippa à sa chemise.

— Arthur, jure-moi de revenir !

— Si je fuyais, je ne serais qu'un lâche, Dora. Il faut que j'y aille. Mais je te promets de revenir, je te le jure, et je serai ton héros.

— Mon héros ou rien du tout, je m'en fiche, Arthur. Tout ce que je te demande, c'est de rester vivant...

— Ne t'inquiète pas, fit-il en montrant les trèfles à quatre feuilles. Avec ça, je ne risque rien.

Desserrant alors les doigts à moitié, Dora, à regret, le laissa s'échapper.

2

Le trajet jusqu'à la base d'envol sembla interminable. La peur éveillait les sens et donnait aux choses, si petites soient-elles, une valeur et une intensité nouvelles. Arthur, le regard dans le vide, tenait toujours le bouquet de Dora et, grâce à cette clé fleurie, revisitait sans cesse les derniers instants partagés avec son amie.

— Tu penses à elle, n'est ce pas ? chuchota Klaus.

Le jeune pilote trouva la voix de son ami plus fragile que d'ordinaire.

— Oui, avoua-t-il.

Et, l'espace d'un instant courut sur le visage d'Arthur un sourire étonnant, qui ressemblait plus à celui d'un homme mûr qu'à celui d'un enfant.

— Et toi, Klaus, ajouta-t-il, à quoi penses-tu ?

— À mon père, à ma mère aussi... ou plutôt à la lettre d'adieu que je n'ai pas eu le courage de lui écrire.

— Il n'y aura pas besoin de lettre, déclara Arthur avec sérénité.

Il préleva un trèfle de son bouquet et le lui tendit :

— Le jour où je me suis trompé à cause du bruit d'avion, nous nous sommes fait une promesse. Alors prends, ami, et que cette feuille te préserve.

Tandis que la nuit teintait le ciel de son encre noire, le convoi quitta la route pour un chemin forestier. Les arbres, alignés à la perfection, évoquèrent à Arthur des rangées de soldats. L'air, subitement plus humide, accentua la sensation de froid. Ceux qui avaient emporté leur veste d'hiver dans leur paquetage l'enfilèrent. Arthur et Klaus, en chemise et en culotte courte, commencèrent à grelotter. Les camions s'immobilisèrent à l'entrée d'une vaste clairière. Tous mirent pied à terre et, dans ce qui restait de jour, Arthur distingua au loin les quelques baraquements qui servaient de dortoirs.

— Tu as envie de te reposer, toi ? interrogea Klaus à mi-voix.

— Pas vraiment.

Aidés par l'obscurité, les deux amis faussèrent compagnie à leurs camarades et marchèrent en silence, sans autre but que celui de bouger, comme si le mouvement empêchait un peu leurs angoisses de les talonner de trop près. Les questions, toujours plus nombreuses et angoissantes, se bousculaient dans l'esprit d'Arthur.

L'une d'elles, pourtant très simple, le terrifiait : demain, à la même heure, combien des cent quatre-vingt-quatre volontaires seraient encore en vie ?

— Tu vois ce que je vois ? fit Klaus tout à coup.

— Un hangar, répondit Arthur. Ma main à couper que nos appareils sont dedans...

Les deux amis se hâtèrent vers le bâtiment et unirent leurs forces pour pousser la lourde porte en bois. Klaus sortit de sa poche un petit briquet et, levant une flamme tremblante, fit apparaître des dizaines d'appareils, serrés les uns contre les autres. L'obscurité donnait aux avions de combat des allures de fauves endormis. Arthur, impressionné, s'approcha sans bruit d'un ancien modèle de Focke-Wulf, son avion favori. Le cockpit était ouvert. Il ne put résister à l'envie de s'y glisser. Il se remémora ses cours et, à tâtons, chercha un interrupteur sous la roue de fermeture du cockpit.

— Yaouh ! souffla-t-il, ébloui par le tableau de bord qui venait de s'illuminer.

Il nomma mentalement chaque instrument : horloge, compas, altimètre, tachymètre, radio, jauge de carburant, thermomètre du radiateur, régleur de la richesse du mélange, pas de l'hélice, horizon artificiel, compteur de munitions, indicateurs de vitesse d'air, de température et de pression d'huile... Grâce aux cours qu'il avait reçus, il connaissait désormais le rôle de chacun d'eux.

« Demain, pensa-t-il, partagé entre frayeur et fierté, c'est moi qui piloterai cette formidable machine ! »

— Dis donc, intervint Klaus, resté au pied de l'appareil, t'as remarqué ? Les mitrailleuses et les canons ont été enlevés...

— Tu plaisantes ?

— Regarde toi-même, si tu ne me crois pas...

Intrigués, les deux amis inspectèrent une dizaine d'autres appareils à la lueur du briquet.

— C'est dingue, aucun n'est armé !

— Ils sont peut-être en réparation ? supposa Klaus.

— C'est un peu tard, non ?

— Alors, c'est complètement crétin ! Si un chasseur ennemi nous arrive dessus, on fait quoi ? On se laisse canarder ?

Pour la première fois, la voix de Klaus s'était voilée d'un léger tremblement. Pour Arthur, la situation était déjà assez angoissante. Il refusa de s'ajouter un tracas supplémentaire.

— Écoute, trancha-t-il sur un ton catégorique, il y a forcément une bonne raison.

— Peut-être, suggéra Klaus en éteignant le briquet qui commençait à lui brûler les doigts, que nous aurons droit à une escorte. Ce serait logique : nos avions sont destinés à exploser contre les B 17. L'armée a certainement récupéré leur armement pour équiper d'autres appareils.

— Eh bien, conclut Arthur, voilà l'explication !

Les deux amis décidèrent alors de rejoindre les dortoirs. Ils savaient, l'un comme l'autre, que dans tous les cas la journée du lendemain serait terrible. Même si cela leur semblait impossible, ils devaient essayer de dormir.

3

Un jour gris se levait sur l'Allemagne. Toute la nuit, Arthur avait repensé aux avions désarmés. Malgré le pain blanc et le lait chaud apportés au dortoir, il ne déjeuna pas.

— Ça alors ! s'exclama-t-il en jetant un coup d'œil par la fenêtre afin de voir si les appareils avaient été tirés hors des hangars. Il y a des musiciens sur la prairie !

Quelques incrédules s'approchèrent des carreaux.

— C'est vrai ! confirma Klaus. Toute une fanfare !

Un officier ordonna de sortir. Les pilotes, vêtus de leur épaisse combinaison de vol, s'alignèrent en rangées de douze face aux instrumentistes. Une puissante voiture était stationnée au loin. À côté se tenait une silhouette ronde, vêtue d'un uniforme blanc.

— Le maréchal ! chuchotèrent quelques-uns. C'est Goering !

Le chef suprême de la Luftwaffe était venu assister à l'envol de ses jeunes recrues.

Un officier hurla :

— Garde à vous !

Les talons claquèrent. On hissa le drapeau à croix gammée, et la fanfare entama une tonitruante marche militaire. Dès les premières mesures, Arthur se sentit emporté par les fougueux roulements de tambours et les fracassantes sonneries de trompettes. Il se revit au temps de Pleindegaz, triomphant de ses camarades lors des épreuves sportives. Les paroles d'une chanson entendue à Nuremberg lui revinrent à l'esprit : *Nous marchons pour Hitler à travers la nuit et la misère... Le drapeau est plus important que la mort...*

La fanfare se tut. L'officier enchaîna par un bref discours. Arthur, encore enfiévré par la musique, n'en perçut que quelques mots :

— Héros... ennemis inférieurs... avenir de la nation... entre vos mains.

Un puissant « Heil Hitler ! » le ramena sur terre. Le souffle court et la poitrine serrée, il marcha avec le reste de la troupe en direction des avions alignés dans la clairière.

— Je ne sais pas ce qui m'arrive, lui glissa Klaus, la voix chevrotante. J'ai plein d'images de mes souvenirs qui me passent devant les yeux...

Il poursuivit, le visage blême :

— Je vois le tableau noir de la classe de mon père. Il y a des chiffres, je viens de me tromper, les autres rient.

Arthur comprit que la peur avait gagné son ami. Ses propres craintes montèrent encore d'un cran. Il dut serrer les mâchoires pour ne pas claquer des dents.

— Fähnrichen, arrêtez-vous ! tonna un capitaine avant que le groupe n'atteigne les appareils.

Il consulta sa montre d'un geste nerveux et déclara :

— Les derniers avions devaient arriver ce matin. Hélas, nous ne pouvons plus attendre. Soixante-quatre appareils font défaut, soixante-quatre d'entre vous resteront donc à terre.

Un murmure parcourut le groupe de volontaires.

Arthur et Klaus n'eurent pas le loisir de se demander s'ils préféreraient décoller ou rester au sol.

— Groupes K, L, M et O, ordonna le capitaine, restez en retrait. Les autres, avancez avec moi.

Le sort en était jeté : les deux amis, membres de l'escadrille C, dite des Tigres de feu, voleraient côte à côte sur des Messerschmitt B.

Arthur se rendit auprès de l'appareil qui lui était attribué. Il parvint à sangler son parachute sans trop trembler. Au moment de grimper sur l'aile gauche pour se glisser dans l'habitacle, cependant, ses jambes refusèrent de le porter.

— Allez, garçon, grimpe ! l'encouragea un mécano en souriant. Regarde, tu as une encoche, en bas, pour ton pied, et une prise, en haut, pour ta main. Tu pourras voler relax : c'est moi, le meilleur mécanicien du Reich, qui ai préparé ton zinc...

Arthur respira profondément. Soutenu par le mécanicien, il parvint cette fois à se hisser jusqu'au cockpit. L'habitacle était nettement plus étroit que celui du Focke-Wulf visité la veille. Son parachute accroché dans le dos, il s'y enfonça comme un pied dans une chaussure. Il se sangla au siège, enfila les écouteurs radio, posa la main droite sur le manche et la gauche sur la manette des gaz. Ce fut au tour de ses genoux de connaître le chaos. Arthur, secoué de violents tremblements, vit sa mère devant le fournil, son père labourant un champ, la houle des blés verts sous le vent... Puis un autre souvenir beaucoup plus récent.

— Attendez ! cria-t-il au mécano, qui déjà rabattait le cockpit.

L'homme, pourtant costaud, dut utiliser la force de ses deux bras pour relever la pesante verrière.

— Quelque chose qui cloche ?

Les mots d'Arthur restèrent un moment englués, tant sa bouche était sèche.

— D... Dora, parvint-il à dire.

— Quoi, Dora ?

— Écrivez ce nom sur ma carlingue, s'il vous plaît.

Le mécano opina :

— Compte sur moi, garçon !

La verrière s'abaissa pour de bon, coupant Arthur du monde extérieur.

— Je dois tenir bon, souffla-t-il. Il le faut...

Il parvint, à force de volonté, à calmer ses genoux. Tendant les pieds jusqu'au palonnier, il vérifia le bon fonctionnement des gouvernes et, à voix haute, passa rapidement le tableau de bord en revue :

— Robinet d'essence et coupe-circuit ? Ouverts. Volets de refroidissement ? Ouverts. Parfait.

Le pas de l'hélice était, par contre, sur 10 h 00 au lieu de 11 h 50, comme conseillé. Arthur s'empressa de rectifier au moyen du réglage manuel.

— Escadrille des Tigres de feu ! lança une voix dans la radio. Attention au départ !

Le mécanicien, monté sur l'aile gauche, donna un dernier coup de manivelle au volant d'inertie. L'énorme moteur de mille chevaux toussa trois fois. Brusquement, l'appareil tout entier commença à vibrer, et l'hélice se mit à tourner si vite qu'elle devint invisible.

Arthur jeta un regard à gauche et aperçut son ami, aux commandes d'un Messerschmitt au bout des ailes jaune, qui lui faisait signe avec le pouce que tout allait bien.

— Pilotes Arthur Gruber et Klaus Werber, crièrent les écouteurs radio, la piste est à vous.

Fébriles, les deux jeunes pilotes desserrèrent les freins, augmentèrent le régime de leurs moteurs, et le mécano les guida jusqu'à la piste.

« L'instant de vérité, pensa Arthur en s'alignant sur l'axe d'envol. Surtout, ne pas forcer... »

Il inspira trois fois profondément pour endiguer l'emballement de son cœur, pressa à fond la pédale droite du palonnier et poussa la manette des gaz.

Le moteur répondit aussitôt par un rugissement.

— Dieu ! jura Arthur, plaqué contre le dossier de son siège par l'accélération. Quelle puissance !

Au bout de quelques secondes seulement, l'avion avait pris tellement de vitesse qu'il se mit de lui-même à l'horizontale. Le souffle suspendu, Arthur tira sur le manche et sentit que son appareil s'élevait.

— J'ai réussi ! s'exclama-t-il. J'ai décollé !

Il rentra le train d'atterrissage et les volets de refroidissement, puis se risqua à quelques manœuvres simples. À régime constant, son Messerschmitt répondait à peu près comme un planeur. Il était cependant beaucoup plus lourd du nez et, à cause du couple de l'hélice, le pilote devait manier avec prudence la manette des gaz.

Arthur aperçut soudain une formation de dix avions équipés de mitrailleuses. « L'escorte ! se réjouit-il. J'avais raison de ne pas m'inquiéter. »

— Pilotes allemands ! intervint une voix virile dans les écouteurs, cap plein ouest ! Pensez à chaque instant aux

hommes et aux femmes ensevelis sous les villes allemandes ! Pensez-y, loups-garous des airs ! Aujourd'hui,
vous devenez des héros en sauvant votre pays bien-aimé !

« Exactement, grogna Arthur. J'ai la frousse, mais je
ne laisserai pas mon pays être saccagé. »

Il rapprocha son appareil du Messerschmitt de Klaus,
situé en avant de la formation d'attaque et, afin de se
donner du courage, il se remémora les terribles images
du film de propagande qu'on leur avait projeté.

Alors qu'une musique militaire retentissante jaillissait
des écouteurs, il pensa :

« Parfait, nous avons le soleil levant dans le dos : les
B 17 ne nous verront pas arriver... »

4

Deux heures avaient passé. Arthur, seul maître à bord de son Messerschmitt B, venait de jeter à terre ses écouteurs radio. L'assourdissante musique militaire qui y ronflait depuis son décollage avait fini par l'excéder. Au passage d'un banc de nuages, les avions escorteurs avaient disparu. Le soleil, à force de se décaler vers le sud, était de moins en moins bien placé.

— Et en plus, pesta Arthur à voix haute, comme pour mieux s'entendre penser malgré le bruit du moteur, mes genoux recommencent à trembler...

Même la présence de Klaus, sur sa droite, dans son appareil au bout des ailes jaune, ne parvenait pas à le rassurer.

« Nous sommes en tête. En cas d'attaque, lui et moi serons les premiers à nous faire canarder ! »

Arthur, tout à coup, songea à réduire sa vitesse de manière à se glisser parmi les lignes arrière, moins exposées.

« Je ne peux pas faire ça, se reprit-il. J'ai promis à Klaus de voler à ses côtés. Je ne l'abandonnerai pas. Ni lui, ni la mission qui m'a été confiée. »

L'instant d'après, pourtant, il s'imagina basculant le manche à gauche et prenant la fuite. Il lui suffisait d'un geste pour s'échapper. Son cœur, tenté, se mit à ébranler sa poitrine.

« Non, se débattit Arthur. Si je fuis, jamais plus je n'oserai me regarder en face. Et puis, où pourrais-je aller ? Dans une base ? Je serais immédiatement pendu ou fusillé. »

Il déglutit avec peine.

« De toute manière, personne ne nous a expliqué comment atterrir... »

TLONC !

Arthur tressaillit. Un bruit énorme venait de secouer la carlingue.

— Qu'est-ce que... ?

TLONC ! TLONC !

Il regarda à droite, mais ne vit rien. À gauche, le soleil l'éblouit aussitôt.

TLONC ! TLONC ! TLONC !

— Bordel ! jura Arthur en basculant brusquement le manche sur sa droite. On me prend pour cible !

Le temps de redresser, il découvrit un ciel grouillant de balles traçantes et de chasseurs américains P 51.

— Pas d'escorte et aucune mitrailleuse pour se défendre ! On n'est pas dans la merde !

Assailli de toutes parts, Arthur se lança dans une série de boucles et de loopings. Il se débrouillait comme un diable, feintant et anticipant les trajectoires de ses poursuivants. Hélas, lorsque l'un d'eux était lâché, deux autres fonçaient sur lui par un autre côté.

— Klaus ? Klaus ? Où es-tu ? appela-t-il, paniqué.

Son regard se figea, horrifié, sur un avion qui, moteur en feu, partait en piqué. Les extrémités de ses ailes étaient jaunes et son cockpit, incendié.

— Non ! Ce n'est pas possible !

TLANC !

Arthur, cette fois, grimaça de douleur. Une balle de gros calibre avait traversé la verrière.

« Mon bras ! Je... je suis touché au bras. »

Il fixa avec terreur l'endroit de la blessure. À la vue du sang qui rougissait sa combinaison de vol, il fut saisi par la panique.

On lui avait menti ! On l'avait trompé ! Il n'avait aucune chance de se sortir de ce piège !

« C'est fini, pensa-t-il, je... je vais mourir. »

Prisonnier de son épouvante, Arthur demeura plusieurs secondes passif au milieu de la tourmente. Puis, soudain, il s'écria :

— Non !

De son bras valide, Arthur enfile son masque à oxygène, pousse la manette des gaz à fond et met son avion à la quasi-verticale. Les aiguilles de l'altimètre s'affolent : 3 500, 4 000, 4 500, 5 000, 5 500, 6 500 mètres. Les oreilles d'Arthur bourdonnent à faire mal. L'air, devenu glacial, couvre en partie la verrière de givre. Deux chasseurs américains, accrochés dans son dos, refusent pourtant de le lâcher. Au lieu de zigzaguer pour éviter leurs tirs, Arthur crie à son avion :

— Tiens bon, nom de Dieu ! Tiens bon !

Il file droit vers le plafond de nuages gris tendu au-dessus de lui, convaincu qu'il y sera à l'abri.

Son appareil avale encore quelques centaines de mètres, puis s'enfonce enfin dans une brume épaisse.

La terre, le ciel, les chasseurs ennemis... Tout disparaît. Seuls demeurent la douleur qui mord son bras, le bruit du moteur et les tremblements de la carlingue.

Une dizaine de secondes plus tard, lorsqu'il émerge au-dessus du lit de brume, ses poursuivants ont abandonné. Le temps de remettre sa machine à l'horizontale, Arthur découvre un paysage fantastique. Devant lui s'étend un océan de nuages inondé de soleil, tout en nuances de blanc, de rose, de bleu et de gris. Jamais Arthur n'a rien vu d'aussi beau. Cela ressemble à un immense pays avec ses dunes, ses collines, ses rivières aux formes toujours arrondies.

Arthur est subjugué, il bredouille :

« Le paradis ! »

Il vire à droite et entrevoit une multitude de points noirs au-dessus de l'horizon.

« Des oiseaux ? » se demande-t-il en plissant les yeux pour mieux voir.

Un frisson, alors, lui électrise le dos.

Ce sont des bombardiers !

Ils sont des centaines et grossissent à vue d'œil.

C'est inimaginable. Le ciel en est rempli !

Arthur songe tout à coup aux milliers de bombes que chacun de ces avions porte dans ses soutes. Il revoit les images des villes allemandes détruites. Il pense à la terre qu'il labourait avec son père, cette terre que l'ennemi saccage, cette terre qui est son pays. Il se rappelle tout ce que, depuis trois années, on lui a répété et appris.

— Je ne peux pas laisser faire ça, dit-il.

Il serre les dents et ajoute, envahi du sentiment qu'il peut à lui seul arrêter cette armada qui approche :

— Ma trajectoire est parfaite, je n'ai plus qu'à sauter.

Arthur aussitôt se dessangle et tente, dans l'étroit habitacle, de se redresser. Ses émotions ont dévoré une partie de sa force et de son énergie. Sa blessure au bras et le parachute trop large attaché à son dos, le gênent. Les forteresses volantes approchent à toute allure. Plusieurs d'entre elles ont déjà ouvert le feu.

Alors que les balles traçantes fusent autour de son Messerschmitt, Arthur reste prisonnier de son cockpit. Rien à faire, la verrière est trop lourde. À ce sujet aussi, on lui a menti : jamais il ne parviendra à sauter.

Il lui reste moins d'une seconde pour rattraper le manche et dévier sa course avant que le B 17 de tête soit sur lui !

Épilogue

Au centre de formation de Stendal, une branche de lilas vient de fleurir. Les pétales ne sont pas blancs, comme l'espéraient les chanteurs. Ils sont mauves, couleur de deuil et de sang.

Haut, très haut dans le ciel, là où les anges tissent des nuages de fils blancs, deux avions viennent d'exploser. Parmi les débris tournoient une pâquerette, deux trèfles à quatre feuilles et un morceau de tôle déchiquetée sur lequel on peut lire le prénom d'une jeune fille commençant par un D.

***

Le samedi 7 avril 1945, sur une flotte de plus de mille quatre cents bombardiers B 17 protégés par huit cents chasseurs, les Américains perdirent vingt-cinq appareils.

Sur les cent vingt garçons de seize et dix-sept ans qui s'étaient portés volontaires pour les arrêter, il y eut un seul survivant. Ayant percuté en vol un B17, il fut projeté hors du cockpit. Miraculeusement indemne, il fut sauvé grâce à son parachute et soigné de ses blessures par un couple de fermiers allemands.

Un mois plus tard, Hitler se suicidait derrière les murs de son bunker et l'Allemagne, à genoux, capitulait.

Goering, condamné à mort pour crimes de guerre par le tribunal de Nuremberg, s'empoisonna dans sa cellule en 1946.

Le nombre des morts dû à la Seconde Guerre mondiale est estimé à soixante millions. On parle de vingt millions de Soviétiques, de trente millions de civils et de six millions de juifs, victimes de l'épuration nazie.